孟繁华 主编

年百部
扁正典

地气
葛水平

马嘶岭血案
陈应松

那儿
曹征路

喊山
葛水平

北方联合出版传媒(集团)股份有限公司
春风文艺出版社
·沈阳·

图书在版编目（CIP）数据

地气／葛水平著．马嘶岭血案／陈应松著．那儿／
曹征路著．—沈阳：春风文艺出版社，2018.7
（2022.1重印）
（百年百部中篇正典／孟繁华主编）
本书与"喊山"合订
ISBN 978 - 7 - 5313 - 5485 - 7

Ⅰ．①地… ②马… ③那… Ⅱ．①葛… ②陈… ③曹
… Ⅲ．①中篇小说 — 小说集 — 中国 — 当代 Ⅳ.
①I247.5

中国版本图书馆CIP数据核字（2018）第129238号

北方联合出版传媒（集团）股份有限公司
春风文艺出版社出版发行
http://www. chunfengwenyi. com
沈阳市和平区十一纬路25号　邮编：110003
北京一鑫印务有限责任公司印刷

选题策划：单瑛琪		责任编辑：张玉虹	
封面设计：琥珀视觉		责任校对：于文慧	
印制统筹：刘　成		幅面尺寸：145mm × 210mm	
字　　数：165千字		印　　张：6.75	
版　　次：2018年7月第1版		印　　次：2022年1月第4次	
书　　号：ISBN 978-7-5313-5485-7			
定　　价：33.00元			

百年中国文学的高端成就
——《百年百部中篇正典》序

孟繁华

从文体方面考察，百年来文学的高端成就是中篇小说。一方面这与百年文学传统有关。新文学的发轫，无论是1890年陈季同用法文创作的《黄衫客传奇》的发表，还是鲁迅1921年发表的《阿Q正传》，都是中篇小说，这是百年白话文学的一个传统。另一方面，进入新时期，在大型刊物推动下的中篇小说一直保持在一个相当高的水平上。因此，中篇小说是百年来中国文学最重要的文体。中篇小说创作积累了极为丰富的经验，它的容量和传达的社会与文学信息，使它具有极大的可读性；当社会转型、消费文化兴起之后，大型文学期刊顽强的文学坚持，使中篇小说生产与流播受到的冲击降低到最低限度。文体自身的优势和载体的相对稳定，以及作者、读者群体的相对稳定，都决定了中篇小说在消费主义时代能够获得绝处逢生的机缘。这也让中篇小说能够不追时尚、不赶风潮，以"守成"的文化姿态坚守最后的文学性成为可能。在这个意义上，中篇小说很像是一个当代文学的"活化石"。在这个前提下，中篇小说一直没有改变它文学性的基本性质。因此，百年来，中篇小说成为各种文学文体的中坚力量并塑造了自己纯粹的文学品质。中篇小说因此构成百年文学的奇特景观，使文学即便在惊慌失措的"文化乱世"中也取得了令人瞩目的艺术成就，这在百年中国的文化语境中不能不说是一个奇迹。作家在诚实地寻找文学性的同时，也没有影响他们对现实事务介入的诚恳和热情。无论如何，百年中篇小说代表了百年中国文学的高端水平，它所表达的不同阶段的理想、追求、焦虑、矛盾、彷徨和不确定性，都密切地联系着百年中国的社会生活和心理经验。于是，一个文体就这样和百年中国建立了如影随形的镜像关系。它的全部经验已经成为我们最重要的文学财富。

　　编选百年中篇小说选本，是我多年的一个愿望。我曾为此做了多年准备。这个选本2012年已经编好，其间辗转多家出版社，有的甚至申报了国家重点出版基金，但都未能实现。现在，春风文艺出版社接受并付诸出版，我的兴奋和感动可想而知。我要感谢单瑛琪社长和责任编辑姚宏越先生，与他们的合作是如此顺利和愉快。

　　入选的作品，在我看来无疑是百年中国最优秀的中篇小说。但"诗无达诂"，文学史家或选家一定有不同看法，这是非常正常的。感谢入选作家为中国文学付出的努力和带来的光荣。需要说明的是，由于版权和其他原因，部分重要或著名的中篇小说没有进入这个选本，这是非常遗憾的。可以弥补和自慰的是，这些作品在其他选本或该作家的文集中都可以读到。在做出说明的同时，我也理应向读者表达我的歉意。编选方面的各种问题和不足，也诚恳地希望听到批评指正。

　　是为序。

2017年10月20日于北京

目　录

地 气

葛水平

住了百年的十里岭，说不能住人就不能住人了。

不能住人的原因不是说这里缺少人住的地气。大白天看山下阴郁一片，一到晚上，黑黢黢的村庄里人脸对人脸两户人家，单调得心慌。说谁家从前山的岭上迁往山下的团里了，咱岭上剩两户，水没水电没电的还坚持着，山下的人们笑话了，咱也不是没有本事的人，也该迁了。

原先岭上有十几户人家，后来陆续都迁走了，就剩了两户：一户是来鱼，一户是德库。终于有一天来鱼和德库吵架了，两户互不上门，就连孩子们也绝了话题。岭上的两户人不常在一起说话，山越发黑了，黑得叫人寡气。

两家吵架的原因说起来很简单。这是暑天，来鱼的小儿子二宝满山疯跑着采野果子，来鱼的老婆李苗怕孩子遭蛇咬就出去找。来鱼缩在房子里不想出门。德库的媳妇翠花上茅坑，把裤带搭在茅墙上。农村的茅坑不分男女。来鱼本来该上自家的茅坑，可是他突然想和德库说话。出了门往坡上走，突然看见德库的茅墙上搭了一条红裤带，悄悄地猫腰走了过去，用手往下拽。茅坑上蹲着的人心想一定是家猫作怪，撅着屁股往里拽，拽来拽去的德库就出了门。德库出门也是想找来鱼说说话，伏天过后十里岭还设不设学校，他闺女和来鱼的闺女都上初中，下山到樊庄学校念书，就剩来鱼的小儿子上学，来鱼几次下去找联区，不知道联区会不会派老师来，老师不来，来鱼的小儿子上学就成了问题，来鱼不知道急不急。

这叫皇帝不急太监急。德库走出院门，看见自家的茅坑旁蹲着来鱼，来鱼和自己的媳妇翠花在茅墙上耍着一条裤带拉来拉去。德库站下看了半天，觉得好耍，想笑，可是接下来的事让他笑不出来了。

听翠花说："死猫，看我不出去打死你。"

来鱼说："要你光着屁股出来打死我。"

翠花说："死来鱼，我当是猫，快把手丢开。"

来鱼说："你让我进去看看我就丢开。"

翠花说："有什么看的？和你老婆的一样。"

来鱼说："说一样也不一样，都是萝卜，萝卜也有水大水小的。你是秋天的萝卜，她是春天的萝卜，不能比。"

翠花说："不要说黄话了，你从茅墙上给递过一团纸来，我忘了拿卫生纸。"

来鱼说："我这就进去。"

来鱼丢了裤带从裤兜里掏出一团纸，要进去。听德库叫了声："来鱼我日你妈！"顺手抄了一根木棍过去。来鱼一看不好叫了声："妈呀，动真了。"扭头就跑。

两个男人在山上边跑边骂，碰上了找孩子的来鱼老婆李苗。李苗喊着："你们好好的疯什么？"

德库说："问问来鱼，他在茅墙上和翠花要裤带，我要敲死他。"

李苗想：这阵势怕是真有问题，怕来鱼吃亏，扑过去死死拽住德库的裤带。一个用劲往前，一个用劲往后，听得嘣的一声，德库的裤带断了，裤子脱落了下来。德库叫了一声："倒霉。"扔了木棍朝后撂了一脚，想踹开来鱼媳妇，谁知道脱落在脚脖子上的裤子限制了他的动作，反让他摔了个仰八叉，倒在了来鱼老婆身上。李苗说："天光下你想怎的？"德库说："我能怎的？"翻身提起裤子骂骂咧咧往回走。

来鱼老婆在身后骂道："你个绝户头德库！"

这时候翠花也赶了上来骂："我没儿子你有是不是？你娘的脚指头，你就等着你奶奶给你生个叔出来！"

德库说："不嫌丢人。"揪了翠花回了自己的当中院。

从此，当中院的德库一家和井下院的来鱼一家不说话了。

两户不说话了，一到天黑十里岭越发地黑了，静了。

暑天过后，十里岭来了小学老师王福顺。王福顺背着铺盖，拿着锅碗瓢盆上气不接下气往岭上爬。爬着爬着不是个滋味了，想到自己的确是被番村乡教委的常小明校长耍了，就感觉憋气。自己在下边干得好好的，没想到一开学调到山上来，就因为看到了常小明和民办教师红艳的龌龊事，被调到了十里岭来，他感到十二分的沮丧。找了一块干净石头坐下，掏出大光烟，掏了半天摸不到打火机，越发沮丧了。他想在这样一个四周无人的山坡上，也许正好滤一滤自己的思想。那天常小明叫他谈话，常小明说："听说你想调换一下工作？""我是想调换一下工作。"常小明说："想调换工作好哇，现在十里岭的来鱼想要一个老师上去，想来想去没有合适人选你就上去吧！""我不想上十里岭，能不能换个去处？"常小明说："工作没有贵贱，不是说你想去哪就去哪，你要是校长你就说了算。"王福顺知道再说也是白搭。自己当民办教师当了十五年才转正，因为转正把小教高级职称也丢了。自己总是有什么地方出了差错，什么地方呢？他想不出来，想了半天也想不出来。自己没有错，要错也是别人的错，别人出错你有什么办法？还不如不想。

抬头望了望天，太阳很小很白也很晃眼。没有打火机，抽不成烟，只能站起身来背了行李走。

王福顺走近十里岭时看到岭上灰秃秃的，一路上连个鬼影也不见。

十里岭坐落在山坡上，几院石板屋，两处石头垒起的院坝，一眼老槐树下的石井，一排杨树遮掩下的鸡栏猪舍，山顶上是一片郁郁葱葱的松柞混交林，责任田错落有致地散落在村庄周围的坡地上，构成了一幅静谧邃远的农家乐生图。对色彩有特别鉴赏修养的王福顺情不自禁地惊呼："好一处神仙福地！"但经验告诉他，这偏僻得与人隔绝的地方不是人久留之地。他把行李放到打谷场上，坐在一个闲置的碾磙上歇了下来。习惯地从口袋里又掏出烟想抽，发现还是没有打火机，就发狠地打了自己的脑门一巴掌。看到打谷场上晒了一些粮食，一块一块的用木棍隔开，有蓖麻、豆、红谷、老豆荚、豇豆，鸡散开在中间边找吃食边散步，倒是悠闲自在。早知道有个十里岭，却没有想到离乡里这么远。

尤其这里连电都不通，外面是啥形势？不晓得，糊涂过春秋。回头看到场上靠山的地方有三间砖房，墙上写了"教学育人"四个字，想那一定是学校了。掉转头放眼望去看到不远处的玉米地里有人影晃动。他想这岭上的人收秋也太早，八月十五还不到，就开镰了。对着人影喊了两嗓子："有人吗？那地里有人吗？我是小学教师王福顺！"

德库听到有人喊，放下镰刀和翠花说了声："我上去看看。"翠花说："看什么？来鱼的儿子上学，又不是咱的，你管他。"德库说："我是十里岭的队长，老师来了哪能不管？"掏出打火机点了一支烟拍了拍腿上的土往上走。走到打谷场上，看到王福顺不知该怎么称呼，说："是新来的老师吧？贵姓？"王福顺急忙站起来说："免贵，姓王。王福顺。"德库说："是王老师呀，王老师好，王老师好。"王福顺说："你是这里的？"德库说："队长！德库。"两个人的手紧紧握了一下。

德库开了学校的门，把行李放进去，领了王福顺回了当中院。当中院是四合院，清一色的石板房，石板院，石板地。王福顺心想，看来这里什么都缺，就是不缺石头。德库开了门往火上的茶壶里添了水，掀开地锅的箅子，取出两只碗给王福顺和自己倒了茶水，两人就坐在炕沿上对饮起来。王福顺说："石板房好哇，冬暖夏凉。"德库说："好什么好，人都不住了。"王福顺说："十里岭现在有几户人？"德库说："原来有十几户人，现在就两户了，我和井下院的来鱼。满算起来七口人，来鱼两口、两孩，还有一个瘫在炕上的老娘，我和翠花一个闺女，我闺女和来鱼的大闺女都上初中了，你现在教的学生是来鱼的小儿子二宝。"王福顺问："就一个？"德库说："就一个。"

王福顺越发感觉常小明是真欺负他了。一个教师教一个学生，出不了成绩年终大会上拿你开涮没商量。怎么就没说是一个学生呢？要说是一个学生说啥也不来。一个学生都教不好还配当老师吗？现在既然来了，我就得好好干，不蒸馒头也得争口气。王福顺说："找些干柴，我去把火生着。"德库说："这些事不用你操心，你就只管坐着喝茶，午饭家里吃。"德库掏出烟递给王福顺一支，王福顺说："我连火都忘记拿了，一路上没火，没办法。"德库站起身从中堂前方桌下抽屉里取出一包火柴递给王福顺，说："有啥要求尽管说，来了岭上这里就是你家。"王福顺有点感动，觉得山里人真是实在。这时候翠花扛了一蛇皮袋青豆角扔在了院子里。翠花说："山下老师来开学了吧。"王福顺应道："开学了，开学了。"翠花也不进屋顾自忙去了。

别看岭上人少，两家人不说话，但是，人来去往的不说也知道。来鱼心里这几天就操着这份心，没想到老师来得这么快，和李苗早早从地里回了家。这几天二宝到山下他小姨家串门，来鱼想，得赶快叫二宝回来。"你中午叫孩他老师来咱家吃饭，我到山下唤二宝去。"来鱼和李苗说。

李苗满脸不情愿地回答："怎么去唤？你弄的龌龊事！"

来鱼斜了一眼李苗说："翠花肥得那猪样，有你好？你还吃醋！也不过就是要要罢了，认什么真？"

来鱼边说边从他娘的身体下抽出尿垫子来挂到院里铁丝上，"你一个妇道人家，还有男人的脸面重？我走了。"

李苗说："人活一张皮，行头也不换啦？不怕山下的人笑话你是野人？"从屋子里给来鱼扔出件干净衣服来。

来鱼三下五除二换了行头扭身走了。

听得背后李苗说:"我不认真,德库认真,我的脸不值钱,有人值钱。"

来鱼嘟囔了一句:"鸟!"

午饭,两家做的都是扯面。李苗往坡上的当中院走,她拿不准进了德库院子该怎么说话,边走边想:我进了门先要大声喊一句:是二宝山下的老师来了呀,不去我家倒先来麻烦翠花啦?看他们怎么说,他们一说,话就开了,下一步就好办了。她有意放慢了脚步在当中院的大门口停顿了一小会儿。听见德库说:"没味,再放点菜。""有味有味,正好正好。"她想人家已经吃开了,进去叫,瞎扯半天不一定放碗,还不如送一碗过来也好省许多口舌。反身回了井下院,觉得想好的话不能说,还得再想。

李苗端了饭走进当中院,迎头撞上了德库。德库端了一锨炭火要往学校走,这样两人就碰面了。李苗满腹想好的话在这一刹那没了。德库也想不到李苗会上门,有点丈二和尚:"怎么你还敢来?"话一出口德库觉得自己的话有点硬,闪了一下端着炭火过去了。

李苗说:"我咋的不敢来,你是老虎,还是翠花是老虎?上门不欺客,我来叫我家二宝的老师吃饭。"

翠花听到了两个人院子里的对话知道话不能赶,老师在炕上坐着,赶下去怕不中听,探出头说:"是李苗哇,还想要吃了饭去叫你呢,二宝老师来了,也不来瞧瞧。"

"这不是给老师送饭来了吗。"

"马后炮不是?王老师要等你这碗饭,怕把尿都憋长了。"

"等不得这顿有下顿怕什么?拿个碗来吧,也不怕王老师笑话。"

"把饭端回去得了，省得占我碗。"

"好意思？坡上坡下的，抬头不见低头见，放窗台啦，我可是给王老师送的饭！"

王福顺在屋里喝着汤，听屋外两个女人对话觉得很有趣，下炕走到了院子里，看了李苗一眼，感觉这岭上的两个女人都很俊，一个胖些，一个瘦些，胖的胖得体面，瘦的瘦得熨帖。

两个女人一起回头看：一身灰中山装，模样清瘦约莫四十岁的王福顺，一只手抹着嘴，一只手扶着门框，满口白牙微笑着望着她们，翠花一激灵反倒没话了。

王福顺说："二宝是你家的孩子？"李苗说："是我家的孩子。一个学生，你的任务是不是太重了呀，王老师？"李苗接着说，"王老师我是和你开玩笑哇，你可不要见外呀！"王福顺说："见什么外呀？既来之则安之。"翠花说："看人家，到底是老师。"大家一起笑了起来。

这时候德库走了进来说："王老师，火生好了，我不敢动你的行李，你看该怎么样整理就怎样整理吧。"王福顺说："谢谢啦，真是要谢谢了。"

来鱼从山下领回二宝时太阳已经落山了，落山的太阳照着各怀心事的来鱼和二宝。二宝问："爸，是个男老师？还是个女老师？"来鱼说："女老师咋说？男老师咋说？"二宝说："女老师身上有个味儿，男老师身上也有个味儿。"来鱼说："这等于是没说。"二宝说："不是的，爸，女老师身上的味儿好，男老师身上的味儿？我说不出来，就和你一样。"来鱼说："你爸身上的味儿不好闻是不是？"二宝说："不能这样说，爸，不过也可以这样来理解。"来鱼突然觉得二宝很聪明。

来鱼心里也在想事，从山下听说了一些事，是关于王福顺，好好的不在番村教学为什么来了十里岭的事。来鱼想把听来的事说给谁听，说给谁呢？不可能说给德库，因为德库拿了木棍要敲死他，人在该长脸的时候还是要长脸的。来鱼想就自己说给自己听吧，在肚子里重复一遍别人的话也能解一解心焦。来鱼想到好笑处就笑了一下。

二宝说："爸，笑什么呀？"来鱼说："我笑王福顺，你的那个老师真有意思。"二宝说："他好笑吗？爸。"来鱼说："好笑。他逮住常小明和红艳时，他们俩怎么也分不开，常小明叫着，怎么回事，怎么回事？王福顺一眼发现了问题，常小明的裤钩钩住了红艳的裤襻，王福顺走过去给他们俩解开，常小明还说，看来王老师你是下功夫了，我该怎样感谢你呀！"二宝说："爸，这有什么好笑？下一次把裤子脱干净了就是。"来鱼突然觉得自己不该给孩子说这些话，马上严肃起来说："知道什么？你的任务就是念书，不该知道的东西要少知道。"二宝边走边拿了石头往远处扔，二宝说："又不是我要知道，是爸你说给我的呀！"来鱼想自己真是昏了头了，要要性子要到自个儿身上了。心里就不想再回放山下人说给他的事。父子俩一前一后走得很是沉默。

来鱼领了二宝回到十里岭，直接到了学校。当时，王福顺正在黑板上用彩色粉笔画图，黑板的右上角是两个红灯笼，灯笼上写了两个字：欢迎。黑板的正中写着"二宝开学"。王福顺示意他们父子俩坐下，他接下画完了左下角的一本书和一支钢笔。

王福顺完成了黑板上的内容，拍了拍手上粉笔灰。来鱼一看老师的动作觉得自己应该站起来了，就拽了二宝一把。王福顺抬起手往下摁了摁说:"坐下,坐下,你就是二宝啦?"二宝不知道老师为什么一下就肯定他是二宝,赶忙站起来说:"我就是二宝啦!"来鱼说:"你敢学老师说话?想吃打是不是?"二宝觉得委屈:"我没有学老师说话!"王福顺说:"和孩子说话要讲个平等,怎么一说就吃打?我在问二宝话,你就不要插嘴了。"来鱼咧开嘴说:"是,是。"

王福顺说:"二宝同学,暑假作业都做完了吗?"

二宝说:"报告老师,都做完了。"

王福顺说:"很好。新学期马上要开始了,有什么打算?把你的想法告诉老师,想让老师怎么教你也说出来,今天虽然没有正式开学,但是你来了,咱就来一次交谈,我现在是你的朋友,记住了,以后咱们上课的时候,咱们俩是师生,下了课是朋友。你知道什么是朋友吗?"

二宝没有想到老师会问他这个问题,一时没有答上来。

来鱼有点着急:"朋友就是相好呗。"

王福顺说:"看看,看看,我说了不让你说话,要二宝说,又着急了不是?你说的那相好还不如朋友好解释。二宝来说,肯定比你爸说得好。"

二宝挠了挠了头说:"报告老师,朋友就是在一起瞎耍,有难同当,有福同享,有吃的东西共分,还有,说不清了,好得就和一个人似的。"

王福顺说:"说得很对,但是有一点你要知道,有什么话都要交心,不瞒不骗。记住了,以后不是上课就不要喊报告老师。"

二宝说:"我知道了。"

王福顺说:"那你回答我刚才的提问。"

二宝说："咱们能不能上课下课都是朋友？"

王福顺说："能。"

二宝说："能就什么都好说了。我希望讲课的时候多讲语文，少讲算术，最好干脆不讲算术。"

说到这里来鱼又沉不住气了，说："不学算术，今天我上山捋了五斤金银花，六块半一斤，五斤多少钱？算不清，一学期学费让你赔净了！"

王福顺说："着急了不是，素质教育，又不是单项的，我还不知道算术重要？关键是方法问题，用什么方法让孩子对一种东西感兴趣是我今天问二宝的原因，有因才有果。我们国家的教育是猴爬杆，往上爬是目标，怎么让孩子心情愉快地往上爬才是最主要的。好了，今天我不多说了，二宝回去准备好明天正式开学。来鱼，以后教育孩子也要换个方式，不能张口就骂，动手就打，这陋习也该改一改了。"

来鱼站起身来说："是，是，是该改一改。王老师，晚饭到我屋里吃，咱再谈谈，听你说的怪有道理，说来我也是上过初中的，有些事就是不明白。"

王福顺笑了笑，摸了摸二宝的头说："二宝小朋友再见！"

来鱼从学校走出来后，感觉心情很是不错；二宝也觉得王老师身上的味儿很特别，虽然他从心里是盼望有一个女老师来。

这天夜里，王福顺点了油灯在灯下看一本爱情小说，看了一会儿觉得眼闷，哪像在山下的学校里，二百瓦的灯泡亮堂堂的，心情好的时候可以看个通宵达旦，现在看不得一两行就眼困，不想看它了。前一任教师不知道是怎么熬的？就想出去透透气。

一轮明月挂在中天，洒下来的光像一层霜铺在地上，有些凉爽。突然听得远处玉米地里有铜锣敲响，吓了他一跳，他踮起脚看了半天，铜锣就敲了半天，半天之后一切都静了，看到德库拿了锣从远处走回来。

　　德库在学校的窗户下侧了耳朵听了听，猫手猫脚走回了当中院。德库没有看见他，他看见了德库，德库是想看看他睡下了没有，德库没有听到什么动静便转身走了。他也不想和德库说话，他知道农民和你唠叨起话来没完，东说说，西说说，又不好意思赶他走，你越不好意思他就越感觉你是在留他，所以就干脆不要和他们多说。一个人静静的比说话还要好。其实德库是想听一听来鱼是不是在学校里，德库不想让来鱼和老师走得太近，也不知道是什么原因。

　　王福顺想起了他的前爱人爱花。王福顺叫她花花。花花考上了师范学校走了，一走就是十年，其实人走了三年就毕业了。毕业了的花花回来跟他办离婚手续，女儿五岁自然随花花，王福顺有些舍不得她们娘儿俩，但花花很决绝。女人要狠了心跟了人走是不会回头的。王福顺在花花面前哭过求她留下来。花花说，你不哭倒还好说，一哭我更决定不留了。王福顺心想，男人的眼泪如此的不值钱？完蛋就完蛋。两个人最后一次做了爱，第二天就办了手续。王福顺和花花最后一次做爱时，王福顺没有哭，花花哭了，王福顺也想哭来着，就是没有哭出来。也就是说在最该要哭的时候，他顶住了，之后就不想那事了。今天他突然想起，是因为他看了那本爱情小说。他和花花在番村乡是公认的般配的一对。实际上现在看来他们是一对没有爱情可言的夫妻。他为她提供的是肯定的现实，她不要肯定，她要的是不确定的将来，也就是说，花花是浪漫的，王福顺是现实的，"你以为我满足这样的生活吗？"花花在省师范住了三年，眼界很有些开阔，对于婚姻家庭爱情这类问题，花花有自己的看法，这些看法，与她和王福顺结婚前的想法完全不一样。王福顺在三年中对婚姻之类的看法没有变。人家变了，你却不变，两人的关系能不变吗？婚姻不过是一种契约，那张纸一扯就破。人们并没有因他的"不变"而给他一点尊敬，反倒说他连个师范生老婆也留不住、哄不住。女人本来是要哄的，连哄女人的本事也没有，一个大男人还能干得了什么？常小明不欺负他这样的人还欺负谁去？今天看那本爱情小说，王福顺就想起了花花，想起了常小明。常小明非但没有给花花做工作，反倒说我王福顺"强奸了人家的青春"。王福顺再没有心思往下想了。

王福顺沿着场边的路绕了一圈，路旁的地里种的好像都是土豆，匍匐在地面的秧子黑乎乎一片。山里的小路很静，只听到王福顺踩着月光的脚步声沙沙响。

早上八点钟，来鱼领了二宝来上学。王福顺在讲台上坐着，二宝在讲台下坐着，来鱼在门口站着。这样的一对一教育方式真是少见，王福顺感觉有点像要猴的意思。二宝是猴，我要二宝，我是什么？也是猴。常小明要我，常小明也是猴，谁要他？是上一级领导要他。突然觉得这样说有点欠妥，应该是红艳要他。不就是让我教一个学生吗？我就教给你看，我倒要看看谁要得了谁！王福顺的思想突然跳了一下，想起了昨天夜里的锣声问来鱼："昨夜里谁在敲锣？"来鱼说："山猪拱土豆，吓唬山猪呢。王老师，是不是惊吓你啦？"王福顺说："那倒没有。"来鱼说："没有惊吓你就好，农村有农村的响动，城市有城市的响动，那打桩机啦，警车救护车的，声音也够吓人的。你来了慢慢也就习惯了。"

王福顺点点头清了清嗓子说："二宝同学，今天开学，你就是一名小学五年级的学生了，表明在上个学期的基础上将要更上一层楼。看到黑板上写的字啦，那么我现在要求你大声把它念出来。"二宝大声地念道："欢迎二宝开学。"

二宝就正式开学了。

翠花和李苗见了面打个哈哈，德库和来鱼还是不说话。时间一长王福顺发现了他们之间有问题，一时半会儿弄不清，问二宝："你们为什么不和当中院一家说话？"二宝说："爸和翠花姨在茅墙上耍裤带，德库叔看见了拖了棍要敲死爸，就不说话了。"王福顺想，这叫什么事？就想在一个合适的时候让两家坐在一起，有什么解不开的事，抬头不见低头见，庄户人闹什么意见。王福顺星期日下山走了一趟，置办了一些酒菜，回来后把两家叫在了一起。

王福顺说："我来了也有些时日了，你们对我的照顾我从心里感激不尽，今天把大家叫到一起来是想说说话，近乎近乎，再说，后天就是八月十五了。"翠花说："日子太快，又到八月十五啦？我还没有发面打月饼呢，可不月亮都圆成锅了。"翠花站起身走到门口望了望天，这期间谁也没有接她的话。

王福顺说："来鱼你帮我把那瓶酒打开。"来鱼咧开嘴用后牙咬开酒瓶盖，放到并好的两张课桌上。王福顺又说："德库你把那瓶红酒也打开，咱不能忘了女士。"德库也咧开嘴用后牙咬开了那瓶红酒盖，放到了桌子上。王福顺拿了碗倒了三碗红酒三碗白酒，三碗红酒放在了李苗、翠花和二宝面前，三碗白酒他让剩下的男人自己端。王福顺说："来，都端起来。"二宝不敢端，手缩缩进进在桌子上来回磨，眼睛看着来鱼。王福顺说："怕啥不敢端起来？十八岁成年，现在已经是半成年了，要是在旧社会你都娶老婆了，这是红酒又不是白酒，我心里有个尺寸，端。"二宝笑着咬了下嘴唇端起了碗。

王福顺说："首先我来一段开场白，千百年来我们老祖宗称赞这种东西为琼浆玉液，许多与酒有关的故事极富感情色彩，什么举杯邀月啦，把酒壮行啦，纵酒欢歌啦，这些咱都不说了，这么着吧，酒是现今社会生活中最活跃的，最能表达情感的一种物质，咱今天晚上喝酒就是为了交朋友，来，咱们一起来碰一下。"所有端起来的碗一齐拥向了王福顺。

"不能光和我碰，我先一个一个来，然后是来鱼，然后是德库、李苗、翠花和二宝。"王福顺和他们一个一个碰了一圈，大伙就一起喝了一口。接下来是德库，德库迟疑了一下也端起了碗说："今天用王老师的酒来敬王老师，王老师为一个孩子上山就值得我敬。"和王福顺碰了一下喝下去了。来鱼马上接着说："我是二宝爹，以学生家长的身份敬你。给你满上，来，感情深，一口闷，要是有一点残酒，罚我十杯。"

王福顺说："咱是喝了六下了，这叫六六顺。人活着应该顺顺当当，你呀我呀他呀，彼此之间也应该顺顺当当。你们两家两个孩子在山下上学，十里岭现在连我一共六个人，六个人在一起还能不顺顺当当吗？能有啥过不去的？一点鸡毛蒜皮还值得疙疙瘩瘩？一起干！"王福顺一举杯，二宝也跟着举杯，德库两口子和来鱼两口子却有点迟疑了，两家的关系叫王福顺一点透，反倒不好意思起来。王福顺说："是我请你们是不是？不给我面子是不是？常小明小瞧我，你们也小瞧我是不是？算了，今天的酒到此为止。"那架势有点要收筷子，德库和来鱼坐不住了，不等王福顺说话就一起端起了碗，碗和碗不自觉地碰在了一起，嘴里同时吐出了一个字："干！"王福顺说："好，干就干个痛快！"一个"干"字让酒碗从这边晃到了那边，又从那边晃到了这边。一会儿之后煤油灯下的嘴脸有些歪歪斜斜了，哥呀弟呀的悬空打着手势，喝红酒的喝完了，喝白酒的第二瓶已经开始。

王福顺从包里取出月饼来要喝红酒的人吃："今天没有准备晚饭，月饼就是晚饭。你们女人不要笑话，我没有喝多，来你们十里岭教书，我是一百个不情愿，哪有一个老师教一个学生？在番村乡我是教导主任，不算个官是吧？但全番村乡的老师和学生我都管。我二十年工龄，前年转正，民办教师总算是到头了。谁知道今年评职称，工龄忽然不够二十年了，小学高级职称被常小明弄黄了。我找他理论，我说，转正二十年够了，评职称二十年就不够啦？常小明到县教委查我档案，说我差三个月，也就是说我转正都转早了。转正他干不掉我，备案了，送市教委了。"

德库有两口猫尿仗着说话底气就冲，联想到身边的事心里就憋屈得慌。仗了胆说："王老师，有个事想问问，是不是你看到了常小明和红艳有那事？不要怕他，你说出来。"来鱼知道他要说啥，指了二宝和李苗说："小孩子家，送他回去看看娘，大人说话娃娃家不用听，二宝拿上王老师给的月饼走吧！"李苗拉了二宝走，二宝恋恋地退下了酒桌。来鱼说："李苗，送回去就来，咱不可凉了王老师的菜。"

德库目送二宝和李苗走过打谷场后，就觉得缺少了一个真正的看客。王福顺有些犹豫："不知道该不该说？要在西方揭露别人的隐私是犯罪，咱们国家说这些也就是闲扯淡话。我也是有两口酒仗胆，瞎聊吧。从什么地方说起呢？从红艳说起吧。不瞒你们说，红艳是我的第一个恋人，更确切地说，我是红艳的第一个恋人。为什么要这样说，主要是我当时并不喜欢红艳。不是人家红艳不好，是我们彼此不合适。这种事不能勉强。年轻时候谈恋爱断就断了也没有个啥。去年资助贫困山区教学款项拨下来了，也不多，五万块钱，常小明并没有把这钱用到教学上，大面上买了一些教学用具，剩下的说是用于活动经费了。也就是说，钱是国家的钱，可以给张三，也可以给李四，你不给点好处费，人家凭什么给你？事就出在我的嘴上和眼睛上了，我看到常小明从这一笔款项中买了一台彩电送给了红艳。那是一个天黑不见五指的夜里，我想问问红艳弄个究竟，在红艳门口听到了常小明说，这一笔扶贫款先扶你一台25英寸彩电，下一次给你弄个冰箱，红艳就笑。那一种笑翠花和李苗笑不出来……"

来鱼接了说："得了便宜卖乖的笑。"

王福顺说："不能那样说嘛，我一直认为红艳是一个比较单纯的女人，真的不想让她因为一台彩电坏了名声。他们连门都没关，咱农村也没有敲门的习惯。我一进去看到了他们俩抱在一起。一见我松了手一起往后站，常小明的裤钩钩住了红艳的裤襻。这事我并没有和别人说，能说吗？谁知道隔窗有耳，不知道谁听了说出去了。说出去事小，关键是有人写了上告材料，上告材料上的落名是我王福顺。我可以大声说，这不是我干的。常小明以为是我干的，发狠说要整我。"

来鱼说："为什么不告他？"

王福顺说："告他？我不愿意坏了红艳的名声。红艳恋我是真心的，她早劝我和常小明搞好关系，和单位领导弄僵了不会有好果子吃。人在社会上混，总得有个靠山，大靠山没有，也得有个小靠山，单位领导就是小靠山。要学会说话，说软话，好话，红艳还说，你不是叫王福顺吗？福顺福顺要福就得顺着人家，要不起这个名字做啥？我是说过告他，他说，想告我？好哇，一个人活着连老婆都守不住，自己闲下来看别人玩转活了，眼红了是不是？生活作风问题现在还是个事？我说我不告生活作风告工作作风问题。他说，我工作有问题吗？舌头没脊梁啊！法律是讲证据的，你不是在搞党校文凭吗？报的法律专业是不是？学好了再来和我理论！"

德库说："他简直就不是个人，是个鸟！"

这时候李苗走了进来，看到一个个生气的样子，想是不是德库又生来鱼气啦？赶快说："来鱼耍耍性子，还生他的气？来鱼喝多酒了我来给你赔个不是。疙瘩宜解不宜结，就两户人家，王老师不是要我们和和顺顺吗？"

翠花说："不是，生啥气呀，你和我就坐下来听，比起人家王老师咱那事算啥呀。"

王福顺说："不算啥，就我的事也不算啥。"

来鱼说："尿他，好汉能让尿憋死？你安心到咱十里岭教书，学生少是不是？明天我和李苗有活干活，没活来听你讲课，把我俩当你的学生好了。听清了没有？我问你呢李苗！"

德库接了话："是说给我听，是说给李苗？我是队长，明天割完谷担到场，我也来听，哝？"德库用嘴噘了一下翠花。

翠花正从心里为王福顺打不平，看德库这么一"哝"点了一下头说："我知道该怎么做。"

王福顺就有点激动了，说："你们的心情我领了，一个学生对我来说和多个学生没有两样，从明天起我会更正规地教二宝。"好像自己以前教二宝就不正规似的，想再补充一下，嘴里却说："干！"

"干！"

十里岭的人被王福顺搞得居然没有一丝儿睡意。瓶中的酒还剩下不多，有点不舍得喝，德库建议划两下圪挤圪挤。有獾在土豆地里拱吃，他们也不想敲锣，猜拳声漫过十里岭疾卷过土豆地也没有把獾吓走，獾抬起头听了听又低下了头呼哧呼哧拱了起来。

早上二宝做完广播操开始按王福顺排列的课程表上课。第一节是算术，二宝不想听，眼睛不时往外看，看到德库和爸担着谷一挑一挑地送回来放到场上，妈和翠花姨用镰刀切谷穗，她们说说笑笑的，二宝一高兴，就想着第一节课快下了好到谷穗上去打滚。

王福顺发现二宝心不在焉，敲了桌子说："二宝，知道我问你什么啦？"二宝说："问我什么啦？""问你中国古代算术为什么会在世界上遥遥领先？为什么在汉朝初期到隋朝中期会出现发展的第二次高潮？"二宝瞪大了眼睛，王福顺说："不问你这个了，问个简单问题，你说算术重要不重要？"二宝说："重要。"王福顺说："说说怎么个重要法？"二宝又瞪眼了，王福顺说："10 - 9 = ？二宝回答。"二宝不用想就肯定地说了出来："1。""不错，是1。但是，就这个1它包含的道理就不是一个简单的道理。有一种球叫保龄球，你没有见过，我也是在电视上见过，它的形状像一个朝上的叹号，十个朝上的叹号站在一起，一个人用手抓一个圆球往朝上的叹号身上扔，准确地说不是扔是滚，滚过去倒下去的就得分，每个球得分是从0到10。这10分和9分的差别可不是1分，因为打满分的要加下一个球的得分，如果下一个球也是10分，加上就成了20分。20分和9分的差别是多少？如果每一个球都打满分，一局就是300分。当然了300分太难，但电视里的高手打270分、280分却是常有的。假如每一球都差一点，都是9分，一局最多才90分，这差距是多少？二宝同学，你现在心里肯定想着练好滚球就能得高分，这与算术没有关系，但是，你想错了。首先你与这一种朝上的叹号球就有一段距离，我托人打听过了，打这种球一个小时要50元，如果按钱来标价，咱和城市人的距离也就是一个小时的价钱，但这一个小时的距离就需要你现在来努力了，你不想学算术，人家每门功课都学得好都不偏，你肯定会掉队，七年下来不用说考大学没有希望，就是在十里岭种土豆也不会卖出好价钱来，因为你有一个弱点：不会算账。这时候的差距就不是10－9的问题了，是1－10的问题呀，二宝同学这时候后悔干粮就没得卖了。"

二宝憋了一泡尿想泻，回过头看到妈和翠花姨不知什么时候已在教室的门墩上坐着，爸和德库叔挂着扁担站在门前，眼睛一时间凝结得纹丝不动，好像走进了高深莫测的科学殿堂。

来鱼说："看王老师讲得多好，二宝要专心听讲，咱不能老在这山上，爸迁往山下，你迁往城里，你也领爸去打那叹号朝上的球。"

王福顺说："休息十五分钟，下一课是音乐，好，起立，下课。"拍了拍手上的粉笔灰迎着十里岭人的目光走出了教室。这样的注目好久感觉不到了，王福顺放开步子夸张地走到场边看着远处大声地说："好个丰收的秋天！"王福顺想人就得学会和环境共处，该牛的时候就得牛一下，这样也符合生存要求。镶嵌在蓝天白云中的太阳暖暖照射下来，两个女人斜在谷草上，屁股翘翘的，谷穗在镰刀一挽一挽时掉下来，一股细弱如烟的灰尘袅袅绕绕，闪闪烁烁在她们周围舞动。王福顺平稳地从她们头顶看过，看到谷草上攀结的青豆角舒展着一副鹅绿色笑脸，不由得舒心地笑了笑，一口雪白的牙跳跃着露了出来。翠花一激灵，被这一口雪白的牙触动了，男人要有了一口雪白的牙，这个男人一定不会和土疙瘩打交道。顺着王福顺的眼光一起往远处看，远处是连绵不绝的绿，连绵不绝的千沟万壑。

德库和来鱼挑了扁担往各自的谷地去，德库说："我听说你下山找了团里的支书，迁户的事说好啦？"

"说了，他说要迁户光管住，不管口粮地。"

德库说："山下住回山上收粮食也行啊，你的精神足，一年也就几个来回，省你到了大村和人家的小媳妇要裤带。"

来鱼一听话里有话就说："喝了王老师的酒还不消气？要我个男人家怎么和你说？我是真没那意思，就说咱这山上没啥娱乐，也不可能在家门口做那事！要信咱以后就不提这事了，你要不信我说甚也没用。"

"我相信你也没那胆。"

"那你迁户的事也和山下说好啦？"

"说好了。年后迁，我老婆的姐夫答应匀我一些地种，只要能下户就不怕没有地种，当支书又不可能当一辈子，你给他送两条烟什么事解决不了，现在社会上就兴这个。"

"有地种就好，种地是根本，咱农民要没地种就等于断了手脚。我收了秋要出去搞两天副业，你出去不？"

德库说："出去。"两人在岔路口分了手。

翠花和李苗坐在谷穗上看着王福顺教二宝唱歌，二宝从嗓门里发出来的音不大正，有些窜动。"一棵呀小白杨，长在大路旁——"王福顺说："二宝同学，要亮开嗓子唱，不要捏叽叽的，跟我一起来。"二宝跟了唱："也棵呀小柏杨，长在大路旁——"王福顺说："yī一，不是yě也。bái白，不是bó柏。要咬准字，然后才能字正腔圆。"二宝就咬了字唱，结果是越唱越糟糕，惹得谷场上的两个女人大笑了起来。

这一夜的井下院就听二宝反复在唱"也棵呀小柏杨"。

收完秋十里岭的两个男人都要出去搞副业，在背了行李上路时把两个女人同时托付给了王福顺。王福顺感到重任在肩，这不仅是要给二宝教好学的问题，更主要是身边一下子落了两个女人，有点不好处事。要在往日，王福顺总觉得什么都正常，该说该笑，该打该闹，甚至当着女人面说些荤话，也没有什么，可是现在，他却感到像丢了魂似的，不知道该跟这两个女人怎么相处。也日怪，两个男人刚走，两个女人早早打扮光亮，取了针头线脑到学校和二宝一起听课。

王福顺穿了一件蓝色中山装，粉笔灰撒落在袖子和衣襟上，像染上了一层霜。两个女人看着讲台上的霜人儿心里生出了一丝儿疼痛。王福顺的课讲得有点不大利索。"停一停，我喝口水。"王福顺端着茶缸有一些别扭。想：我王福顺是谁？是有教养的、讲道德操守的教书人，像常小明那样对女人持抱不放的"有色人种"，我王福顺是看不起的。孔夫子在两千多年前发出了郑重的告诫："非礼勿视。"非礼的形态往往是令人心跳的，没有几个人能自觉敛目不视。孔夫子的毕生终归是苦行者的遭遇，他对自己的器官的约束，使他成了圣人，我王福顺不是圣人，但绝不能越出自己要求的道德底线。当然，要想不超出就得自觉抵制。

几天下来王福顺决定执行第二套教学方案。他在课堂上说："你们俩，从今天起不要来听课了，小学五年级的课你们又不是没上过，你们来了影响了二宝的注意力，当然，我从心里是希望学生多一些，但是，怎么说毕竟你们也不是学生！"

李苗赶紧说："不影响了，只要王老师说话，我们怎么做都行。"挽了翠花的胳膊想拽她起来走。

翠花心里有一些迟疑，王福顺咧着雪白一口牙看她，翠花说什么也不想走了，扭回头和李苗说："都是你影响了二宝，要回你回吧，我还想听一会儿。"李苗有些不高兴了，说："明明说是咱俩影响了，怎么倒没有你的事？小学是基础，不是你儿你不怕！"翠花弄了个没趣，站起来走出了学校。

一路上翠花和李苗没有说话，话到这时候说有点多余，各怀心事，一前一后拢着袖回了自己的石板屋。

翠花盘腿坐到炕上，想自己在王福顺面前被李苗说了个没意思，真不是个滋味。就越发想见王福顺，想找一个借口，想起好长时间没有看到城市的灯灯火火了，正好叫王福顺去。记得那时候山上的人多，夏天里夜长，几个人相跟着上山看远处，远处灰蒙蒙一片要等到天黑才看到一粒两粒的灯光亮起来，那还不算好看，等到成片的灯光亮起来才好。它和天上的星星不一样，天上的星星太遥远看上去有一股寒心的凉气，远处的灯光在幽暗填充的大片视野下，它是激荡和跳跃的。想象灯光下生活的男男女女、老老少少，心里会生出一股热气，就感到城市生活百态进入了他们的视野。他们开始高声谈论，说什么时候也要进一趟城里，也去逛逛歌厅，现在城里的女人都是一副骨架子，小腿细得像鬼骨头，走起路来一扭一扭，扭得人不好受还难受；男女在一起有人没人贴了亲嘴；又说城里小偷儿多专偷乡下人口袋；走路好好的偏说你撞了人家，要你赔！敢说一个不字，俩耳光上去还得赔。城市也就是只能看看，不是咱存活的地盘。这样想着翠花跳下炕走出当中院走进了井下院。因为想和王福顺上山有些兴奋，觉得把李苗叫上比较合适。翠花这么想就忘了李苗在学校说的话。进了院翠花冲李苗喊上了："好长时间没有上山了，咱叫上王老师一起去吧？"

李苗在屋里应道："是好长时间了，不知道他去不去？"

"咱去问问他。"

李苗走出来说："山上真是不能住人了，看人家山下电灯电话电视交通又便利，有个联系也方便，咱这算啥？当初嫁来的时候，想山上人少地多也富裕，哪想不是这样，嫁鸡嫁狗一辈子嫁对了就对了，嫁错了只能错。"

这时二宝唱着"也棵呀小柏杨"走进来。翠花说："二宝，晚上去看灯灯火火，你问一问老师说我们不敢去想叫他一起去。"二宝扔下书包跑去问王福顺。

翠花说："我不等了，回去找件厚衣服。"

走出井下院，翠花迈小了步子，想看看王福顺到底去不去，站着等二宝问话回来。翠花想王福顺要去才有意思，从那雪白的牙中吐出来的话她想听。农村人不管长相如何，满口牙齿高高低低一张嘴就漏风，连字都咬不清，像那二宝就是"柏、白"不分。想着想着翠花就哼起了小白杨，二宝走了过来，二宝说："翠花姨，你唱得真好，抒情得很嘛，比王老师唱得都好。"

翠花说："姨上初中时是宣传队的骨干，啥都会干，你以为就现在这个样子。"二宝说："现在这个样子也好嘛，还生了一个姐姐就很美丽。"

翠花心想，二宝会说"抒情"和"美丽"了，这孩子将来兴许真能成了城里人，自己要有儿多好，真得想办法了。就说："二宝，看你多有福气，一个老师教了一个学生。"

二宝说："姨才有福气，我和王老师说是姨叫去，王老师一听就说要去。""姨，我要回去写作业了。"想到要和王福顺上山头看灯灯火火，翠花心跳加快，三步并两步回了当中院，翻箱倒柜找出一大堆衣服，换了一件又一件，里外换了个新。

没等天黑透，十里岭的人拄着棍出发了。王福顺打头里走，二宝夹中间，翠花和李苗拉着手在后边。星星在天空闪闪烁烁，有半个月亮透出云彩射下亮汪汪的光来，时而有一阵风从山腰吹过。李苗说："我忘了多穿一件衣服，山头上风毒。"翠花说："爬山衣服多了是累赘，我都觉得自己穿厚了。"这时王福顺插了话进来："我没来之前，你们是不是经常上山看远处的夜景？远处除了灯光还能看到什么？"翠花说："啥也看不到。"二宝说："看得到，还有一团黑。"王福顺扭回头笑了起来："二宝还会笑话人哪！"

山头上无声无息，周围松树在夜幕中洇成了更为深暗的墨黑，人站在高天远地中有了一种莫名的激动，看到模糊成一片的远方有丝线一样的亮划过来划过去，山风吹得眼睛有些发涩，城市是一年一个样，到底变成啥样子她们也不知道。

王福顺说："城市要比乡村丰富，却没有乡村朴素。城市人花花肠子多。"

翠花想起了城市戏班子来番村唱戏。四月十五是关帝庙会，她住在姐姐家看戏，那天下午好像唱的戏文是《十二寡妇征西》。庙会上唱啥戏对青年人来说并不重要，戏是老年人看的，闺女媳妇穿了新衣新裤去戏场，可以说不是看戏，主要是去叫人看的，当然自己也看别人。常语说得好：上庙会干啥去？比脸蹭屁股勾膀子去。熙来攘往，摩肩接踵，让人瞧，瞧别人，人要是不瞧人，穿新衣新裤干什么去？那时候翠花刚结婚，人没有现在这样胖，长得白净的翠花往人堆里一挤就有人死盯，盯她的人不是番村乡的后生，是剧团里的人。小伙子下午看晚上盯，人声嗡嗡锣鼓轰轰。小伙子说，你跟我出来，我有话说。她的心怦怦跳就跟了他走。

怕人看见和他拉开了一段距离，甩开卖香烛的、卖丸子的、卖炸糕的、卖包子的，过了河是一片庄稼地，她有些迟疑，德库在姐姐家打麻将，她该不该跟着这个男人走？那男人一口白牙撩得她心乱，不由自主就跟着进了庄稼地。他把她压倒在一片玉米棵子上，嘴在她脸上亲，她想挺一挺，可就是挺不起来。身子像面条一样软。那人解开了她的裤带，然后就像一匹马一样在她的身上奔腾起来。翠花怀疑自己的女儿就是那人的，一点也不像德库，德库尖嘴猴腮。但是，这种事情只能说是怀疑，只能一辈子烂在心里。知道剧团那个人是不会对她有真情实意的，甚至没有问他叫什么名字只记得他有一口雪白的牙。她和德库是自由恋爱，十几年过了到底也没有在她肚里种下第二粒籽儿，也就是那一次过后她才知道德库那东西立起来没有人家奔拉下来的长，她如何去言说她的委屈？日子就这样一天天过去。她是空有一腔柔情。

王福顺却想起，远方灯光下有一条河，他曾经和花花在这条河边散步。那灯灯火火，挨挨挤挤、磕磕碰碰，王福顺知道那灯光中有他曾经的花花，一个热衷浪漫的女人。她此时也许正在一个他不认识的男人怀里，她还以为她是在追求爱情，什么狗屁爱情！她曾经和他说过：我的爱情不应该生长在乡村，最好的生活方式是城市。城市带给花花的就是这些吗？王福顺拒绝进城，有三年了吧。他现在看那些灯灯火火是怀着一种鄙视的目光来看的。看到身边这两个女人激情满怀的样子，想：人真是不知道什么时候觉得什么好，知道了什么时候觉得什么都是扯淡。

二宝搬了石头从山上往下滚礌石，石头落到山沟里发出空洞的响声。李苗有点冷，上身哆哆嗦嗦来回晃悠。王福顺脱下自己的衣服要她穿上。李苗说："不用不用，你没有经过这山风，要感冒了就不好办了。"翠花也应着不要王福顺脱衣服。王福顺说："德库和来鱼走时把你们托付给了我，我不照顾你们，谁来照顾你们？"李苗不好再坚持就穿上了。有一股淡淡的烟味儿，冲着鼻口进来很好闻。翠花说："穿上王老师的中山装暖和了吧？"

李苗咧了嘴笑着说："是不是想让王老师也给你脱一件？"王福顺说："要是冷，我就脱一件给你穿上。"

翠花的心一热撩起外衣要王福顺看她里边穿的红毛衣，说：

"你看我是穿了毛衣的，捂得我想要出汗了。"

可惜天黑王福顺看不见，就是能看见了王福顺也不看，有些东西不能看就不应该看，现实只能满足眼睛的有限范围，有限范围一扩大，人的欲望就不大好控制了。

王福顺说："其实城市里没啥好看的东西，有一些新潮的东西不断冒出来，有钱的人花钱买一切，没有钱的人想尽一切办法赚钱花。有些东西是换汤不换药，比如说，城市里流行好多东西都是我们乡下传过去的，就拿吃上头的苣荬菜，城里人叫苦菜，在饭店里一盘卖十块钱，在咱乡下猪都不大想吃。现在城市里人都转换过来了想吃粗粮，说粗粮怎么有营养能降血脂、降血糖，女人吃粗粮不容易发胖。"二宝接上说："我知道，我知道，乡下人刚有粮食吃饱城里人就吃草啦，乡下人刚用纸擦屁股城里人就用纸擦嘴啦，乡下人衣服刚穿暖城里就想脱光啦，大街上年轻女人净露肚脐眼儿的。"

李苗呵斥儿子："花马吊嘴的，从哪里听来的？"

二宝说："不用管我从哪里听来的，问问王老师是不是这样？"

王福顺笑了："我也听人说过。"

翠花笑着说："是王老师教给你的？"

二宝说："不是不是，姨就别问了。"

大家又笑了一阵。翠花望着远处说："城市里的乐儿能出花样，还是城市里好活。"李苗接了话："二宝，要好好地跟王老师学文化，将来进了城也领妈打打王老师说的那种叹号朝上的球。"二宝就大声对着空旷的远山喊道："我要到城里去！"

那天晚上，王福顺在炕上翻烙饼，睡不着起来抽烟，抽了几支，躺下还是睡不着。他和常小明处不好，和花花处不好，和红艳处不好，和周围有些人也处不好。上下级之间夫妻之间朋友之间，怎么处才能处好？他不会来事，也不愿意学那本事；不会鉴毛辨色，不会看风使舵，不肯违心说话，希望和人相处多一点真诚。结果呢，成了个失败者，和领导和妻子和朋友相处都是个失败者。常小明把他打发到十里岭来，也许给他找到了一个最好的去处，也许他只配在这里待下去。

王福顺这么一想，脑子里就静了下来，开始有点迷糊了。迷糊中看见了两点星光，星光闪闪烁烁，却愈来愈明亮起来，那是一双眼睛里放出的光，那人坐在教室的最后排，全班年龄最大的一个学生。几年过去了王福顺现在想起来那双眼睛就成了一种痛……星光渐渐消失了，王福顺也睡着了。

秋意愈来愈深了，浓了。

苍白的云懒散地走过空虚而没有声息的田野，在十里岭头上消逝了。白天愈来愈寂静，一切好像被霜寒冻僵了似的，太阳曚昽得光芒尽失，有鹰贴在蓝天上飞翔。

王福顺和二宝坐在火炉旁，面对面教学。二宝膝盖上放了一块木板，有写字本和课本，这是王福顺想出来的点子。以前那种台上台下授课方式因天气变冷让王福顺感到很不舒服，坐在火炉边人就暖和多了。

二宝感觉不是那么好，时间一长煤烟熏得有些头晕。二宝不敢说就频繁地出外撒尿。学校和德库家是一个茅坑，以往上茅坑，要是有人在里边墙上总是搭条裤带，现在不知道因为什么二宝去茅坑老碰见翠花姨在茅坑蹲着，墙上却不见了裤带，二宝很尴尬。对茅坑上的翠花说："翠花姨，咋不搭条裤带在茅墙上？都撞见好几次了，为什么老占茅坑？尿真是太多呀。"翠花边系裤带边往外走："不好好上学，老往茅房跑是不是想偷懒？"二宝说："不是偷懒是煤烟熏得我喉咙麻辣，想出来透透气。"翠花问："王老师在教室做什么？""看书。""看什么书？""外国书。"翠花走了几步又返回来等二宝。等二宝出来翠花说："回到教室告诉王老师说我找他有事，要他来当中院一趟。"二宝说："找王老师自己去好了，有什么事不能和他当面说要我传达？""认识了多俩字就学会犟嘴啦？告诉王老师就说我要他来拿鸡蛋。"王福顺来到十里岭后见翠花和李苗没事取了麦秆编草帽辫，问她们编一个草帽辫要多长时间。她们说二十圈要一天时间，拿到山下卖6毛钱。王福顺算了一下一天卖6毛十天卖6块，一个月卖不到20块，王福顺决定以后买她们的鸡蛋来贴补生活。后来王福顺发现她们该编草帽还编草帽，倒是两家因为鸡蛋卖多卖少有了一些脸上脸下的话，话不是太难听但话里有话。王福顺又决定一家供一个月鸡蛋，谁也不让吃亏。

二宝说："我妈早上才给王老师煮了鸡蛋，你把鸡蛋给芳芳姐姐煮了带到学校吃吧。"翠花有些吃惊，说："你妈给王老师煮过几回鸡蛋啦？""好几回了，王老师还给我妈送过东西。"翠花越发地吃惊了："送了什么东西？"二宝说："好东西，我妈不让我看，是用纸包着。"翠花想自从王福顺不让到学校听课，自己一天钻在当中院什么也不清楚，现在倒好人家都送东西了自己还晾着瞎想。"回去告诉王老师说我找他有事紧着商量。"二宝唱着"也棵呀小柏杨"蹦蹦跳跳地走了。

二宝走进教室和王福顺说翠花找他，王福顺抬起手表看了看安排二宝写生字，说："去去就来。"

王福顺不知道翠花找他商量什么，知道找他一定是有事，没有多想就走进了当中院。王福顺在门外说："找我有事？有什么事？"

"进来说话，不就知道了！"

王福顺进去坐到炉台边，火台上烤了一把南瓜子王福顺抓了嗑起来。

"其实也没有什么事，想你的鸡蛋一定快吃完了，我准备好了要你来拿。"

王福顺说："我正好没了。"

翠花就想，明明李苗给你煮了鸡蛋，你倒说没了。就说："是不是喜欢吃煮鸡蛋？我在锅里给你煮着呢，你等三五分钟就好了。"

"李苗也给我送了煮鸡蛋。"王福顺说，"德库有没有来信？外面不知道是啥情况？"

"能有啥情况？天当被地当衣，干一天活赚一天钱活一天呗。"王福顺听翠花这么一说，一口雪白的牙一露笑了起来。翠花打了个激灵，眼睛看着定定地就直了。因为屋里暗王福顺也没注意到这个现象，觉得这屋里比他刚来的时候干净多了，好像还有一股香胰子味飘出来起起落落。

"听说你们过了年就要搬到山下，地契也买了，房子要等到明年春天起？"王福顺问。

"搬不搬吧，搬下去又能怎样，还不一样围着山转。"

"围着山转不好？"王福顺又问。

翠花觉得自己的眼睛都有些酸了，话还没有进入主题，就撇开王福顺的问话说:"一个人在山上挺孤单吧?"

"孤单?要说不孤单是假。"

翠花说:"那你夜里睡不着不想事?"

"想啊。从教导主任落到现在这一步,想起来就一肚子火。你想,人家借了我的事去告常小明,还打了我的名义,我说不是,谁信?"

"我信。"

"你信?"

"嗯。"

王福顺又笑了起来,问:"你信能顶什么用?你是咸吃萝卜淡操心。"

翠花说:"真看到他俩贴在一起啦?"

王福顺说:"不说那事了。"

翠花想我偏要说那事,我不光说那事还想做那事,我不信你王福顺不想那事,就往火台边走,这一下王福顺看到了翠花的眼睛,翠花的眼睛迎着窗户的光亮像要鼓出来,真是一对儿毛眼眼哪,花花当初看他的眼神也是这样。

王福顺觉得应该走人,站起来端起放鸡蛋的脸盆,翠花不管不顾上去一下在背后抱住了王福顺的腰,王福顺没有想到有这么胆大的女人,吓了一跳,一回身一脸盆鸡蛋碰了翠花胸脯,跌落在地上。这一下翠花是一点心思也没有了,想那一脸盆鸡蛋,那是六只母鸡一个月的努力。翠花定了一下神蹲下去用手往脸盆里掬那碎鸡蛋,王福顺赶忙掏出50块钱,王福顺说:"掬起来喂猪吧?"翠花不知道该说什么就哭了,这一哭让王福顺有些不知所措,就想起了李苗,应该叫李苗来,那鸡蛋除了猪吃,人也能拣出来不少，翠花一个人哪能吃得了？

王福顺往外走时，李苗进来了。

王福顺前脚走出教室，二宝后脚回了井下院，问他妈要东西吃，不知道为什么二宝老是感觉肚饥，早饭等不到午饭，午饭等不到晚饭。李苗说："饿死鬼转生的，火台上有两块煎饼拿了吃去，不要误了上课。"二宝说："不急，王老师和翠花姨商量事去了。"李苗说："商量什么事去啦？""谁知道商量什么事去啦？我又不是王老师肚里的蛔虫。妈，你和翠花姨为什么老问王老师干什么说什么啦？烦不烦哪！"李苗还想问二宝，一转身发现没了影子。

李苗有些纳闷，联想到了翠花和来鱼在茅墙上要裤带，翠花是什么样的人别人不知道我李苗还能不知道？从小学到初中到结婚生子，我俩是比着走的，小学时翠花胆大，和男同学过家家她敢脱裤子，互相比看有什么地方不一样。当初要不是她找德库现在德库的老婆肯定是我。当初德库他爹是找了媒人到后里庄说媒的，第一次领了德库来相亲在村口看见了翠花就不去我李苗家了，现在怎样，我李苗是儿女双全，你呢，十几年了就养了一个小婢片。岭上没人了你想我二宝没有人教学了，可来鱼找到教委，教委单独派了老师来，这历史上也是没有的事。岭上几任老师了谁见过你翠花抹过"雪花膏"扑过粉。现在一看王福顺来了又是单身，"雪花"也抹了，粉也扑了，为了给谁看？一个德库不行还想要两个德库？王福顺是谁？是二宝的老师，二宝是我儿子，王福顺是来鱼争取来的。这样一想李苗就把王福顺当成自己的人了。自己的东西别人是不能随便碰的。

这么想着李苗走进了当中院。院子里静悄悄的，李苗的脚步就自动放慢了，放轻了，想听听屋里人说话。听着听着听出了问题，李苗心里就蹿起了火，忽听得咣当一声有东西摔到了地上，细听听是鸡蛋摔了，李苗心里的火苗一下又灭了，有点幸灾乐祸就往里走，她想好了进去说的话：想来问一问德库有没有话捎回来？但是，李苗一走进去就知道要说的话不能说了，地上的鸡蛋一个一个睁着眼睛像舞蹈纤肢的仙子，李苗开始心疼了，再看到炕上王福顺放下的50元钱，就越发心疼了。王福顺说："我给二宝放了学，放了学再过来。"逃也似的走出了当中院。

翠花说是想看看火，谁知道一转身就把炕沿上放的鸡蛋碰掉了，可惜了呀，可惜了，那是我的母鸡一个月的努力。李苗就带了刺附和，一个月的努力算什么？一年的努力能换来结果也不错。什么可惜啦？可惜的东西多了，不就是俩鸡蛋吗？人家王老师给你放下50块钱，怎么说你的鸡蛋也不够50块呀？翠花表示不要他的钱，鸡蛋是我碰的我再要他的钱，这不是寒碜人吗？就是就是，你火上煮的是什么？是鸡蛋。给王老师补一补，咱这山上没有什么好东西，王老师也照顾了咱不少，有鸡蛋就只能给他吃鸡蛋了。这一说，李苗的火就又想往外蹿，我家二宝的老师我就没想给他煮鸡蛋？哎哟喂，王老师要知道了你给他煮鸡蛋，还真要感谢你这一锅提升体力的回春蛋呢。李苗顶着火苗一扭身走了。

王福顺回到教室头脑清醒了许多，觉得自己不能再去当中院了。回忆了一下事情的起因和结果，起因是鸡蛋，结果还是鸡蛋。就是没有想到自己的牙。躺在干硬的床板上眼睛望着窗外天空，由天空而想到土地，这一片土地是贫困的，由贫困而想到干渴难耐的地气，似乎就有了一点眉目：德库常年在外，翠花也该有过干渴难耐的时光，她身体很好，腿长胸大屁股宽，我第一次看见她是扛着一蛇皮袋青豆角，在举起膀子的同时屁股也撅了出来，这样的屁股是应该需要男人不断来开垦的，这个男人肯定不是我王福顺。这时候王福顺的脑海中又闪出了那双眼睛，这双眼睛多次在梦里出现过，他因这双眼睛而想到男人在任何情况都不能放弃自己的责任，不管别人怎么样，他王福顺不能不负责任地活着，这么一想他的心情便有了好转。

王福顺用火机点亮油灯，油灯亮起的刹那，他看到了门口有个黑影矗着，他吓了一跳，定睛一看是他在山下教过的学生李修明。

王福顺说："你怎么来啦？"

"不能来看看老师？你不会不认你这个学生吧？就怕白天上来让别人说闲话，所以晚上才来。我明天要到县宾馆当服务员，想来想去都该来一趟，你说我去呀不去？给我话我就走。"这个叫李修明的学生边说边拉开背包拉链，取出一件铁锈红的毛衣，说："天凉了，山上风紧，你有胃病要学会照顾自己。"

王福顺有些眼湿，一把抓住了学生李修明的手，说："我比你大十五岁，现在的光景过成这样，你跟了我要受苦，知道不知道？"

李修明抽出手来，从包里又取出一条毛裤，说："只要说你心里有我没有？"

"有。就怕别人说我强奸了你的青春。你我不能长相守，因为你还是个小丫头。"王福顺想起电视里的一句歌词就把它说出来了。

学生李修明返转身一下搂住了王福顺："不走了，不要说那些支棱坎山的话，你看山上多苦，要电没电要水没水，怎么恓惶成这样了呢？你就想别人的话，怎么就不想我呢？怎么就不想强奸我的身体呢？现在就要你强奸，你要不强奸我就不是王福顺，不是男人！"

王福顺就"嗷，嗷，嗷，我要豁出去了"。

学生李修明在十里岭住下了，王福顺的幸福因学生李修明的住下被运用着，像一枚棋子被无限放大、放大。这一夜对于王福顺和学生李修明来说像一支无声的歌，纵情满怀。

翠花不管李苗有火没火，她心里现在就想着王福顺。鸡蛋煮好了王福顺怎么还不来？女人就是这样，想着豁出去做一件事就一定要做。他不来我去！不就是几步远的路吗？送鸡蛋，又不是没事。这样想着翠花端了鸡蛋往学校走。

学校窗户上透出了亮儿，翠花听到有压低的女人的说话声音，翠花想那不是李苗是谁。十里岭没有第三个女人，我倒要看看他们到底有事没有。躲到了学校的山墙边，山墙边有些冷，她不怕冷。她知道李苗因为没有嫁给德库一辈子都恨她，来鱼又和她在茅墙上耍裤带，李苗能不恨她吗？有人恨就说明有人不如她。比起别人的恨来她这点冷算什么。

这么等着窗户里的灯就噗的一声灭了，翠花眼睛睁得大大的，非常生动，可惜没有人看见，只有月亮在看，月亮也看不到她的眼睛，因为站在阴暗里，风吹得她的泪蛋蛋掉了下来，掉不到地上，被衣服的前襟挂住掉到了手上，手里捏着50元钱，翠花就从心里骂上了。翠花一骂就想骂你娘的脚指头：你娘的脚指头，我还想给你送鸡蛋和钱呢，你娘的脚指头你们倒上凤凰架了，你娘的脚指头还想让你给我种个儿呢，你娘的脚指头憨狗等羊蛋呢！翠花就这么骂着回到了当中院，火也死了锅也干了。

早晨五点王福顺送走了学生李修明。李修明决定不去当服务员了，要准备嫁妆，不管不顾跟王福顺来山上过日子。

早晨李苗看到翠花脸上有寒风吹出的裂纹儿，李苗想：翠花到底把二宝的老师糟蹋了。

一个礼拜后，常小明通知王福顺下山开会。

王福顺和常小明面对面坐在一起。常小明扶了扶眼镜首先笑了："这里有一封反映信。"

王福顺说："不是我干的，是谁干的你找谁去！要再猜想是我干的咱俩的官司还得真打一打。"

常小明说："没说是你干的，你都干了还要我说？"

王福顺说："诬陷我？我已经被你搞到山上了，水没水电没电人没人，还要怎样？买彩电是不是真的你心里最清楚！对于国家来说，你这样的小腐败还不如个糠壳皮，既然不算啥我告你做甚？不是说涉及县里的干部镇里就不让查了，还找我干什么？"

常小明依旧笑着："是吗？是不查了。但是，我这是涉及番村整个联区声誉的事，我要不查就是我玩忽职守。"

王福顺听出了意思，分明是话中有话嘛！

常小明给王福顺扔过一支"红河"烟来，说："压压惊，我那事算个屁事！现在社会上谁没有个把情人，没情人是无能！可是，也不能就要了人家一个岭。岭上黑灯瞎火的，没有娱乐活动耍那事说来倒也正合适。"

王福顺终于明白常小明是说自己。他怒道："你以为别人都和你裤裆里的那活儿一样活跃？你要敢再瞎说，我教员不当了，老子敢和你动真格。"

常小明还是笑着："去去去，我还以为你和别人不一样，怎么说也是半斤八两嘛！我不说你太多，就两项，一、你要学生喝酒是不是真事？二、你在岭上和女人睡觉是不是真事？"

王福顺说："是真事。我要二宝喝酒喝的是红酒，我和女人睡觉是睡我自己的女人，我的女人我不睡要旁人睡？旁人睡过的女人我不会动一手指，接别人口水还叫男人？"

常小明就有些严肃了。说："教唆未成年人喝酒能说仅仅是两口红酒？从法律上讲是'教唆犯'，二宝是什么？是孩子，你是教师，不为人师表要你到山上做什么？还有你刚才说不接别人的口水，睡的是自己女人这可日怪了！"常小明有点丈二和尚摸不着头脑，想问个究竟，可话到嘴边又咽回去了。"好了，至于是睡自己的女人还是睡别人的女人我就不追究了，人还能不犯个小错误，况且说这能叫错误吗？这叫功能正常。只要不是和学生搞，搞别人的老婆又怎样？你没听红艳的男人说，说到底都是自己用得多，别人用得少。有个啥！看看，没见过这么够男人的男人吧？"

王福顺一时间就有些惶惑了，事情怎么就搞成这样了呢？怎么说我耍了一个岭？王福顺竟然不知道怎么从校长室出来，只记得常小明拍了拍他的肩说："咱们番村联区总的来说是团结的，团结中求发展嘛，我就不多说了，再为人师表也不能活得没有阳光。不管是别人的还是自己的耍就耍了，小事！回岭上好好干，等山上人走光了还回来给咱当教导主任。"王福顺回到十里岭天黑透了，点了灯看了看炉火，火黑心了，王福顺从场上捡回来一根干柴放进火里，火苗腾了起来。他用白面搅了糊糊，借了火劲摊了两张煎饼凑合吃了几口早早就躺下了。

躺下了却睡不着。睡不着起身找了纸就了灯光写下了几个大字：学校重地闲人免进。摸索着找胶水贴到外屋门上。返回来躺下还是睡不着又爬起来从床下摸出一瓶酒，咬开盖喝起来。王福顺想：一定是什么地方出毛病了，怎么到哪也不好生存？当初要是给常小明说句软话也就不用来这山上了，来了山上把自己放在一个谁也想不起来的地方，应该不会出事情了吧？现在又出事了，真他妈活见鬼！我来山上，一心一意想教好这个学生，不想和任何人争长争短，结果还是不行，还是要出事。我王福顺究竟应该怎么个活法，谁来教教我呢？王福顺真的有点伤心了，拿起酒瓶又猛喝了几口。王福顺醉了也就睡着了，早上冻醒了才知道下了一地雪。

雪给满目苍凉的十里岭带来了令人心醉的美。二宝坐在教室门墩上，拢着袖等王福顺起床，看到门上贴着一张纸却不知道是什么意思。门开了，王福顺看着满天飞雪，大声地说："来吧，从遥远的高空飞下来，和我这样渺小的生命相见，要我怎么样来迎接你？"看到二宝说，"把书包放到教室，看雪去！"

二宝不知道王老师是什么意思，赶忙放下书包跟了他走。雪花仍在继续往下飘落，一朵接着一朵，一朵挨着一朵，前前后后，纷纷扬扬，漫天飞舞，荒秃秃的山岭被雪铺排成了一片白。王福顺对着空山大声地吼了起来："嗷呵呵——"二宝也跟着吼起来："嗷呵呵——"有近一个小时，王福顺听见自己的骨骼轻微地脆响，感到自己身上的血液逐渐缓缓地流动开来，才觉得好一些。

王福顺说："回去上课。"二宝踩了王福顺的大脚印走回了教室。二宝有些兴奋，觉得王老师身上的味儿现在才出来了。

翠花和李苗听到王福顺和二宝吼叫，不知道发生了什么事情。出了大门看，看不见人在哪就往学校走，就看见了学校门上的字条，知道是针对自己贴的，心里不自在，互相装着看不见各自扭头回了自己的家。翠花进了门坐到暖炕上想心事，想什么呢？想自己的男人。女人活着最保底的还是自己的男人。能看到眼里的不一定就是好东西，辣椒好看不？好看。吃起来辣嘴。醋榴好看不？好看。吃起来酸牙。知道辣嘴和酸牙还吃它干什么？想来想去是想吃。这男人孤零零在山上总得有人疼，翠花决定给王福顺再煮鸡蛋。上课时不让进放了学总该让进吧？你和谁好我不管，我是队长的老婆，尽队长老婆的责任。

翠花包好鸡蛋走进学校。

王福顺看到翠花就不耐烦了，问："你来干什么？"

"我来送鸡蛋！"

"把你的鸡蛋拿回去，我吃不起你的鸡蛋！"王福顺很决绝。

翠花说："有啥事说啥事，鸡蛋没有错。"

王福顺气不打一处来："不是有能耐和常小明反映我的问题吗？还有什么问题要反映都去说，本来认为山上的人朴素实诚，跌了跟头才知道石头也咬人。"

翠花惊讶得瞪起了毛眼眼："这是哪和哪？我是下山去来，是德库让人捎话，要我礼拜四下山接电话，我为什么要找常小明去告你？我连常小明啥样我都不知道我告你为了哪样？我守活寡守了十几年，又不是一天两天了，我现在就守不住啦？"

这一下倒把王福顺弄了个丈二和尚："你守活寡？"

翠花嘤嘤哭了起来："你知道德库长了个什么？长了个半寸长。要不是——我就想着男人就是这样呢？你不要再问下去了，不把人小瞧了就行。"

翠花哭着要走一转身和李苗撞了个满怀。李苗说："都听见你们说的话了，也不是我去找的常小明，我知道是谁?"

"是谁?"

"是德库。"

翠花说："瞎说不是? 德库和来鱼在东北打工，他有分身术?"

李苗打了自己的嘴一巴掌，说："都是我不好，那天我在山下等来鱼电话就接了德库的电话，就想起那天夜里你们俩睡觉的事，我想王老师是来鱼从番村联区要来的，是来教我二宝念书不是和谁睡觉的，我一时气不过给德库说了，德库撂了电话一定给常小明打了。"

翠花马上就翻了脸："你娘的脚指头，你看见我在学校睡啦? 我倒是亲耳听见你跟王老师睡觉的动静，你个臭猪屎，竟敢糟蹋我? 你娘的脚指头，你看我不撕烂你的嘴?"翠花立马要挽起袖管上去撕李苗的嘴。

王福顺恼火地大声说："乱什么乱! 看你们泼妇样。你是来鱼的女人吧? 你是德库的女人吧? 你们都不是我王福顺的女人是吧? 我，我王福顺难道就没有女人啦? 我是来教书的，常小明说我搞了一岭的女人，我有多大能耐呀? 真是把我高看了!"王福顺气得手足没有放处。

这时候二宝在门外说："我看见那天早上有一个穿红衣服的姐姐从学校出来，王老师一出门就背了她，树上的霜白雪雪的，王老师背了她忽悠忽悠地下了坡。"李苗就冲了门外叫："贼骨头二宝儿啊，你在门外听什么? 看什么? 你还不给我爬回去! 爬呀?"二宝就不说话"爬"回去了。

翠花和李苗你看我,我看你,怔怔一会儿,又齐刷刷将目光投向了王福顺。这时候,王福顺的脸上哗地涌上了一股热浪,本来很窝火的心情变得越来越复杂了,火转化成了热,热又变化成了羞愧难当,无地自容。他极力想避开两个女人的目光,可那目光就像钉子上拉出的铁丝一样把他拽得紧紧的。王福顺搓着手来回走动着说:"一团麻,一团麻!"

李苗感到自己真是捅马蜂窝了,一泄气坐在了地上:"翠花呀,你不是要撕我的嘴吗?撕吧,撕来吧!我长了嘴咋就和人的不一样?怎么就长了个乌鸦嘴?我的腿都软骨得站不起来了,翠花撕我的嘴吧!"

翠花说:"你娘的脚指头,自己撕自己的嘴吧!"一扭身出了学校,风一样地回了当中院。

事情有了眉目,翠花坐在暖炕上又开始想心事,想来想去都是自己不好,人家王老师是来山上教书的,杨柳梢、水上漂,想让人家清风细雨洒青苗?人家就洒啦?人家是有文化的人哪,咱反倒给人家添了乱,好羞辱,好羞辱。德库怎么还不回来?往年一上冻就封了工,今年学生都快放寒假了也不见人影。

翠花想到德库,想他现在还不定怎么生气呢。上一次是要敲死来鱼,这一次怕是要敲死我了。都是脚指头李苗。

李苗这时就走进了当中院,她是来给翠花赔不是的。李苗说:"翠花,我是来给你赔不是的,德库这两天怕要回来了,他回来还能不生气?他这一生气呀怕就又要弄出什么事情来,弄出事情来就不好收拾了。他上一次不是要敲死来鱼?这一次让他来敲我吧。"

翠花说:"真是敢作又敢当啊?你要是不惹这场事恐怕他谁也不敢。"

李苗说:"任打任罚,都由你吧。自打你嫁了德库,我心里一直记恨你,万万没想到德库有那毛病,你替我受了罪了翠花!王老师是好人,咱们往后再也不往他脸上抹黑,咱们往后是好姐妹,让德库和来鱼成好兄弟。翠花,我掏心掏肺说这些话,要是听进去了,就给我挤个笑脸儿吧!"翠花就强挤出一个笑脸儿。李苗说:"罢罢罢,也算,也算。"

学生李修明在山下就听到了一些关于王福顺的风声,决定趁夜色的掩护上一趟山。她觉得王福顺现在需要他,这时候她应该在王福顺身边。

学生李修明走进了十里岭的学校。

王福顺一看学生李修明上山来了就笑得比较忘我。王福顺说:"以后上山白天来,走夜路黑,白天来让十里岭的妇女看看,看看我王福顺的女人。"上上下下打量着就张开了手臂等李修明扑过来。听王福顺这么一说李修明笑了:"听说你把十里岭一岭的女人都搞啦?""全搞了也不就两个嘛!"王福顺忘我地张着手臂。李修明还在笑:"有人还听了你的窗户?我上山就想问一问是不是真的,这么说是真的啦?"李修明说着就哈哈大笑起来。王福顺说:"笑什么?我睡的女人就是你,是一岭的女人来听你的窗户,听出了故事。李修明同学,这故事好玩吧?我逃到山上也逃不开是非,我不去找是非,是非偏偏喜欢我,我想我的命就是这样了。"不等李修明扑过来手臂就奋拉了下来。

李修明的眼泪像化雪天屋檐的水唰唰往下掉。

二宝早卜起床,又看到了王老师背了个人忽悠忽悠往山下走，二宝反身回去叫了妈又叫了翠花姨，他们仨站在院坝上看，远处挂了霜的树中间有个红影儿闪。翠花说："闺女太嫩，怕是走路不大利索了。"

王福顺这几天比较忙，一是寒假学生要到联区考试，二是校长常小明到底出事了。常小明把学校"普九"款项提出来用于自己往上提升的活动经费，县教委下来检查发现了问题。发现问题当然要解决问题，常小明被解决了。校长一解决整个番村联校有些乱，王福顺的心不乱，他决定领二宝下山考试。

这中间德库和来鱼回来了。德库一回来十里岭就要有一场暴风雪，翠花想该来的挡不住，既然挡不住该来的就让它来吧。

奇怪的是十里岭风平浪静。斜阳下熠熠闪光的残雪映衬着十里岭，如一笔抹开的水墨画，偶有一两声鸡鸣听起来也很舒展。

德库和翠花坐在暖炕上，德库说："我谁也不恨，就恨我自己，恨不得把自己敲死。"翠花知道了德库谁也不想敲，就想敲死自己，心就疼起来，心疼自己也心疼德库，苦海沿边儿，两个苦人儿在生活沿边儿上就还得活。

王福顺领二宝考完试，要二宝先回去，他留下来阅卷。分数一经公布全联区期末考试五年级最高分是二宝。一个老师教一个学生考了第一王福顺脸上没有光荣？王福顺不想在山下久留，连夜回了十里岭，他心里想着要办一件事，这件事谁也不能说，办成了就成，办不成就是笑柄。

王福顺回到十里岭没进学校门进了当中院，进了当中院看到德库坐在炕上抽老烟，王福顺说："在山下就听说你回来了，回来了就好。你走后发生了一些误会想必翠花也和你说了，咱往事不提。翠花，你出去我有话和德库说，要是来鱼来找我，挡着不要让他进来。"翠花莫名其妙地出去了。

王福顺说："是男人就不要害羞，你我没有外人，把裤子脱下来我看看那东西到底是有什么毛病？"

德库说："王老师，是来嘲笑我的吧？是不是记恨我给常小明打电话？给他打电话其实也没说啥，就说要他把你调走，十里岭一岭女人都让你睡了。他说，这不是事！要我想一想还有啥事，他还启发我想，我就说了咱们喝过酒，二宝也喝了。他说，好了。电话就拖了长音断线了。我没有说你啥，你饶了我吧？"

王福顺说："不脱裤子我就不饶你，脱了裤子我就饶了你。"
德库说："还为人师表呢？我不脱。"

王福顺掏出打火机点亮油灯，说："你没有明白我的意思，男人那东西有时候需要做一个小手术，我看看是不是那手术？要是，你就解放了。"

德库说："真的？"

王福顺说："真的。"

德库就脱了裤子。

王福顺看了说："小手术。明天和翠花进一趟县城，我给你写个条子，到县医院找条子上的人，他是个外科医生，要他领你们检查一下。"

德库和翠花进了一趟城。找到条子上要见的人，一检查说那东西是包皮过长。见了医生问这问那的翠花说："想要一个儿。十四年没有动静。医生，你查查是哪里出了毛病？"医生让他俩同时检查，发现德库的精子活动力不强。医生说："吃几服中药调理调理，过了年肯定会怀上孩子。"德库说："医生，我有一个闺女的，原来能活动，现在它怎么不活动啦？"医生抬起头看翠花，翠花就心跳，急急忙忙说："我们住的地方高寒，那东西后来冻住了，也不是没有可能吧？"听这么一说，医生嘴里含了一口水就喷了出来，停顿了一小会儿，一本正经地说了句："很有可能。"

等拆了线取了中药德库和翠花回了十里岭。德库一路上就想一件事：赶快搬到山下去，再不下山就要影响自己的后代了。

十里岭一腊月天都弥漫着一股中药味，药味飘出的雾气中是德库和翠花的笑脸。

腊月里来鱼的娘死了。来鱼就等送他娘走，他娘一走决定搬下山住。不等来鱼搬德库搬走了，临走翠花问王福顺："给李苗送过什么东西？也要给我送一份。"王福顺说："送过一包药是让来鱼他娘吃的，那药没有治好来鱼娘的病。现在把德库送给你就是最好的礼物。"翠花脸一红扭转腰笑了。德库一走来鱼心就毛，一天一趟往山下跑。过了清明种了山上的地，来鱼用平车拉了东西往山下迁。二宝告了假搬东西。王福顺说："告不告假吧，只要下了山你就不是我的学生了。"二宝说："谁敢说我不是你的学生！"王福顺一听想哭。来鱼说："都搬走了，一个学生也没了，十里岭的地气散了，也下山吧？"王福顺说："只要联区还有十里岭这个小学，就得有老师在，最起码得等到这个学期结束。"李苗说："以后我和翠花月月都跟着来给你送鸡蛋。"

十里岭没有人了，有一个人就上了山。上山的是王福顺的学生李修明。李修明说："山上没有学生了，我就是你王福顺的学生。"宽厚松软的十里岭透出一股隐秘诱人的地气，那地气是女人的气息。夜里学校的黑暗中就有声音传出来："豆来大，豆来大，一间屋子盛不下。"

"猜猜，是啥？"

"灯！"

听得咔的一声打火机声音响了一下，灯就亮了起来。不管山上多么寂寞，灯光中的人儿，心中早已腾起了热望的火。

《黄河》2004年第1期

马嘶岭血案

陈应松

我就要死了，脑壳瘪瘪的，像一个从石头缝里抠出来的红薯。头上现在我连摸也不敢摸，九财叔那一斧头下去我就这个样子了。当梨树坪的两个老倌子把我从河里拉起来时，说这是个人吗？这还是个人吗？可我还活着，我醒过来指着挑着担子往山上跑的九财叔说："他、他要抢我的东西！"我是指我们杀了七个人后抢来的财物，又给九财叔一个人抢走了。医生在给我撬起凹进去的颅骨时说："撬过来了反正还是得崩。"还有一个寡瘦的护士给我扎针时说："你还晓得怕疼，我的天，到时一枪下去，那么大的洞看你喊疼去。"我疼得天昏地暗，这不是报应吗？九财叔砸我，我砸了别人，别人都死了，我却活着。

就这么等死的时候，前天老婆水香捎来了儿子的照片，一张嫩生生的照片，背景是红的，是在镇照相馆刘瘸子那儿照的。儿子还在向我傻乎乎地笑着，咧着没齿的嘴巴，眼泡肿肿的，耳朵大大的，活脱脱一个水香，活脱脱一个我。

现在是深冬了，早上放风出去地上有凌。再有一个月我就要与这世界再见了。

今年秋天，九财叔来找我，让我跟他一起去当挑夫。我走的时候，水香肚子鼓鼓的，还没有生。九财叔睁着那只没眼皮的右眼，问我一个月三百块，你去不去？我当时想都没有想就答应了。一个月三百块呀，不少了！尽管是到很远很高的马嘶岭，但是为了水香，为了水香肚子里的儿子我也应该去。

我们两天以后才到了马嘶岭。

五十多岁、戴着眼镜、头发秃顶的祝队长拿出一个仪器来，说："到了，就是这儿。"另一个姓王的拿出一张地图，说："正是这儿。"又问九财叔，"这是马嘶岭吗？"九财叔说不清。小王又问炊事员老麻，老麻也是我们当地人，他说这应该是马嘶岭，说他听打猎的讲过，马嘶岭到处是野葱野蒜。"这就是了。"他扯了一大把野葱，他说以后我们就有野葱吃了，特别好吃的。他掐着野葱的根须，一根根把它们分开，让那些人闻。小杜就接过去闻了，她是踏勘队唯一的女娃子。她说："好香，好香。"

我们就这么住下来了。他们住一块，我们住一块。我们住一块是三个人，炊事员老麻，九财叔和我。老麻后来嫌我们，住到厨房小棚里去了，在灶口柴窝里铺一床絮，比我们强多了。我一床被，九财叔一床絮，我们合伙用。他的絮又破又烂又薄，怎么也隔不断冰冷的地气，第二天我去割了几捆巴茅垫在下面，才略微暖和些。我们的棚子是塑料纸的，而祝队长他们是帆布的，还没有缝隙，完整的帐篷，像一个屋子，里面还有间隔，那女娃子小杜就睡在最里头。

刚开始我们知道他们是找矿的，第二天就得知他们是专来找金矿的，是为我们县找金矿的。也许就是那个该死的"金"字，这黄灿灿的让人想到荣华富贵的"金"字，开始撩拨我们了。准确地说应该是撩拨九财叔了，撩拨他心中早已枯死的那个欲望了。本来他都老了，两条腿虽说能挑个百八十斤，但常常也有蹒跚的样子了，眼睛也没什么神了，内心快坍熄了，只等哪一天一场大病，或是喝酒喝死，阎王爷安静地把他收去。

第二天就听到祝队长说："这就是我们的踏勘靶区了。"他指着马嘶岭和岭下的马嘶河谷，声音洋溢着一种轻松和喜悦，好像是来这里玩耍的。其实这里荒无人烟，崇山峻岭，巨大的河谷吞噬着天空，马嘶河和雾渡河在这儿汇合，流淌着的河水在秋天通体泛红，好像一头巨蟒吐出的芯子。我听见小杜那女娃子说："好美呀。"还拿着一个很小的相机咔嚓咔嚓地给他们拍着照片，也让人给她拍。小杜这女娃子长得像山里的洋芋果，圆圆叽叽的，个头也不高，爱笑、爱唱歌，我就暗自给她取了个洋芋果的诨名。那个身子单薄的小谭长得像根峨眉豆，他的刀条脸和身子，不是峨眉豆是什么。我听见他们说着那周围的岩石，祝队长指着河谷说："这就是开门金。"他比画说，"河流骤然变宽了，流速减慢了，上游带来的泥沙、砾石、沙金都沉积于此了，看见了吧，开门金！"他说了几遍开门金，说过去这儿因为没有人烟也没被开采，可能有小量开采，因为这周围是土匪窝子，没人敢来，就算淘出了金子，也会被抢被杀的。

我的心那时有一种豁然开朗的感觉——开门金！我忽然对这些产生了兴趣，仿佛也成了他们中的一员，完全忘了我不过是他们的苦力和挑夫。祝队长是头儿，他总是站在中间，那几个人站在两旁，听他手拿着小锤敲打着岩石讲解，那个常在他手上的有数字跳闪的东西我也知道它叫 GPS，卫星定位的。后来洋芋果小杜跟我说它是用十二颗天上的卫星定位的，我们现在站在哪儿，经度多少，纬度多少，海拔多高，它一下就显示出来了。她说我们现在站的这个地方，马嘶岭的海拔是三千四百零九米。我问她这个东西值多少钱，一头牛钱吧？她当即就笑起来，把我笑毛了。可我之所以敢问她，是那天大家喝了点酒后我在他们的怂恿下唱了几个山歌。她说我的山歌唱得好，当即就把我的山歌录下来了。我知道那是录音机，可没见过那么小那么薄的录音机。我还问过她关于剥夷面的事。她指着祝队长指过的河谷对岸，高耸入云的一扇巨大石壁，光秃秃的，我只能隐约知道"剥夷"是怎么回事。剥夷面上，经她的指点，我似乎看到了一条石英矿脉，因为在夕阳里那儿闪着耀眼的光斑，还有云母。她说在它的顶上，也就是台面上的塔状熔岩，很好看吧，是一种碳酸盐岩。她说他们去看过了，那儿曾有炼过硝盐的痕迹，地图上有个地名叫晒盐坡，估计是那儿。她说你们这地方保存着第四纪冰川地貌，也就是七八十万年前的，比如刃脊，冰斗，冰蚀槽谷，还有漂砾。"你看，"她指指河谷中那些巨型的石块说，"那些石头不是原本在此的，是从别处搬运来的，谁有这么大的力量？就是冰川，冰川就是神仙，力大无比。你看那三角面，很清晰的冰川流动时削磨的痕迹，把巨石从远处搬来了。"

她轻描淡写地给我说着这些，我却觉得她的话撼人心魄。在那个晴朗无风的傍晚，无数玄燕和蝙蝠滑翔的河谷上空，我听到了冰川轰隆隆运动的声响，而当时的山冈是寂静的，旷古的寂静，这女娃子的话让我仿佛看到了那个壮观的七八十万年前的场景。我真的佩服他们。这女娃子跟我跟水香一般年纪，可我没读多少书，初中没读满就辍了学。我爹是个"八大脚"，八大脚就是抬死人的杠夫，他除了抬死人，挣几双草鞋钱，没屁本事。

这天晚上，西南方的山坡上突然射出了一道强光，有如电焊的弧光，一直刺入云天，把周围的山坡、沟坎都照得如同白昼。那边帐篷就有人惊醒了，问是谁在照。大家都起来了。忽然那强光变成了两个光点，一上一下。大家以为是野兽，五六只电筒一起射去，那光点一动不动，祝队长就叫大家拿了家伙跑过去扑打，不见了影形，也没有什么野兽，遂回到帐篷。而这时那光点又只剩一个了，在帐篷顶不远的崖上直射我们。

"这莫不是鬼吗？"九财叔说。方圆百里无一个人，无村庄和电线，这么强的光是从哪儿来的呢？又是什么东西所为？这个问题困扰着我们，祝队长宽大家的心说，你们不要怕，长期在野外生存，什么神秘的事都有。这个地方，听说怪事不少。九财叔坚持说是野鬼，还说是什么独眼鬼，见了我们这些人稀奇。他说南山里有几丈高的红毛大野人，还有鬼市。你们不知道鬼市吧？有一年一群来南山采药的人，晚上在老林里看到了一条小街，好不热闹，什么京广杂货都有，买货卖货的人把衣裳都挤破。几个采药人也去买了些东西，有买鞋子的，有买衣裳的，便宜得不得了。第二天早晨一看，鞋子变成了草鞋，衣裳变成了棕叶，店家找给他们的钱全变成了冥钱，再去找那条街，哪儿找去，莽莽森林，除了树还是树，什么都没有。做饭的老麻也附和道，他们隔壁村也有过怪树的，有棵叫水洞瓜的树，是千年老树，从来只结籽不开花的，只要六月开花，这年必山洪暴发，开花的时候，树心里面就传出叮叮哐哐的锣鼓声，天一放亮就没了。说有个小娃子去上面掏鸟窝，掏出了三双草鞋云云。事情越说越玄乎了，说得大家脸色发白，倒抽冷气。祝队长就严厉制止道："老官，老麻，你们不要在这儿瞎说了。老官，你要是信鬼，今晚你跟我捉一个来，如果捉不到，你就走人。"

一开始祝队长就不喜欢九财叔，九财叔本来就不是一个讨人喜欢的人，所以祝队长就想赶他走，这是九财叔恨祝队长的起因。另外，那个一听九财叔说话，就从喉咙深处发出一种怪笑的姓王的博士也不喜欢九财叔。姓王的博士总是干干净净，头发方寸不乱，油水很厚的样子，不过他那个头好像是个大田螺。他说："别吓唬我们了，我们这些人都是久经沙场的，别看你们经常在山里转悠，但也比不上我们在野外生活的人。"

九财叔没有捉到鬼，踏勘队就响起一片嘲笑之声。我们跟在他们屁股后面，挑着一两百斤的东西随行。我们挑夫挺苦，一天十块钱，赚得很难。挑着一两百斤的东西，翻山越坎，过河上坡，他们徒步都困难，更何况我们这些挑夫。一头是他们刻槽取样的石头，剥离的石头，一大块一大块的，就往我们箩筐里丢。有时候，扁担上肩，腰却挺不起来，咬着牙，腰椎一节一节地压趴了，人站起来了，腿都在哆嗦。担子的另一头有石头也有一些贵重的东西，那个像夜壶一样的东西是个水准仪。水准仪不止一台，有一台是日本的。这些仪器常被分成几段拆卸后放进箱子里，再装入箩筐。祝队长虽然讨厌九财叔，可还是信任他的力气，认为让他多挑贵重的东西牢靠些。

两天后，祝队长和小谭去了一趟山外。为了防止野兽和坏人，他们上山来时配了一杆闪闪发亮的双筒猎枪，还给他们每人带来了一把跳刀，祝队长的绑腿里原来就插了一把美国猎刀，一尺多长。听他说，是一个外国同行送给他的。我慢慢才知道祝队长其实是去替他们领钱去的，还买烟买电池买扑克，给洋芋果小杜买来了许多糖果和女人用的东西。小杜把祝队长喊祝老师，小谭把他喊祝教授。听说祝队长是小杜的导师。小杜是他的研究生。小谭不是，他只是祝队长手下的一名工作人员，他下山是去给他在乡下读书的妹子寄学费去的。我听小杜问他："寄了吗？"他说寄了。这是与钱有关的事。每当这时，九财叔的耳朵就支棱得很长，好像是与自己有关的。他晚上愤愤不平地告诉我说："他那娃子一个月就能赚两千多块钱。"他说的是瘦小的小谭，我们都知道他是个山里娃子，与我们的口音相近。我问那祝队长是不是更多？九财叔说，听说他有好几个金矿。我说他有金矿？九财叔说是人家的金矿，他会找金子，所以人家就拉他入伙，那金矿他还不占一份？这儿要是找到了金矿，他也会有一份。听说他光乌龟车就有两部，有一部现在停在县城里，是他自己从省里开来的。我不知道九财叔是怎么知道的，你别看他平时闷声不响，瞪着一只永远也合不上的可怕的眼睛，可他探听别人的事时，好像长了好几个耳朵。

祝队长回来说到那怪光的事，说调查了，周围没有电焊的，山下的人说，南山山里是有一种奇怪的光，学大寨那会儿，山下一个村里有一块田也发出过怪光，也是贼亮贼亮的，像探照灯。他说是否与我们踏勘的岩层有某种关系，比如是一种石英，反射了太阳光或者别的什么光，透明石英也就是水晶。离这里不远据说有几个水晶洞，而且可能还含磷。在那个剥夷面上，你们看见没有，有许多水晶亮点，在早晨尤其清楚，已经可以断定，这是石英脉型的金矿。那边的剥夷面，花岗闪长岩与石英闪长岩的身边，与金矿最密切，所以，这是金矿给我们的强烈信息。他转过头来对我跟九财叔说："有了金矿，当地政府开始开采，你们这儿的经济就会有大发展，农民就会富起来，公路就会修通。这儿，说不定你们说的那个鬼市就真变成了现实哟。"他对九财叔说，"你会顿顿有酒喝。"祝队长罕见地给他开了个玩笑。这种未来的憧憬把老麻说得一愣一愣的。老麻对我们说："祝队长是给我们做好事来了。"

晚上他的菜做得格外有味，野葱拌上了更多的香油和野花椒，加上祝队长与小谭提回来的两瓶酒，我们一人分了一杯。九财叔和老麻看到酒，眼睛就放光，他们眼里充满了对祝队长的感激。上山来的这几天，我、九财叔和老麻，跟他们六个踏勘队的人是分开吃的。我知道他们的饭比我们好，每顿都有肉，做的时候九财叔就闻到了香味。我想要是我们天天也能吃到他们城里人那样的饭，也就等于做上了城里人。

下山了，我那想做城里人的想法，让那一担沉沉的石头压得无影无踪。

我们要挑出他们取样的石头，到山下一个地方交给后勤分队，然后再挑回大米、面粉、菜、油和盐。下山就是出山，得来去三四天。当你挑着那么沉重的石头走在无穷无尽的山道上时，你的心里就像压着一块石头，脚上绑着两块石头。石头缠上了你，百多里的路，峡谷，险峰，乱石滚滚的高地，龇牙咧嘴的悬崖，全是石头。我们上山时还行，与九财叔下去，两担石头，两个无声的人，走在茫茫的石头上，走在深深的石缝里。从出生以来，哪挑过这么沉重的东西呀。九财叔一句也不吭，我在苦巴巴地想着家里待产的老婆水香，我想人与人的差别真是太大了，过去在家不觉得。原以为一月三百块的工钱，是抱金娃呢，而人家小杜、小谭、王博士他们一月就能轻松地拿好几千。我们村主任听说一个月才拿一百五呢，人家还羡慕得要死。今年天干，庄稼没啥收成，羊也渴死了几只，收农特税的村主任上了几次门，威胁我爹说，你不交税就不让你家媳妇生娃子。八大脚的我爹是横了，叫嚣说我倒要生生看，生下来你村主任有种的把他掐死。我挑了石头就能生娃子，我挑了石头就能给家里交税，还能给水香和娃买吃的穿的。就为这，我也要挑哇。

那天晚上，我累得开始屙血。

我给九财叔说我屙血了，九财叔不相信，到草丛里一看，九财叔叹着气，说屙两天就好了，人的力气都是压出来的。九财叔说，你知道祝队长有两辆乌龟车吗？我问他是听谁说的，他说总有人给他讲。他躺在葛藤攀附的石头上，望着林子上面的天空，用石头敲着石壁，说："村里的吉普是村主任三千块钱买回来的，那他的两辆乌龟车不要几万吗？"我们那儿的人把小车都叫乌龟车，因为它们都像个骚乌龟。我没有搭理他，我在想水香肯定不知道这会儿我在荒郊野地屙着血，对着一担死石头无可奈何。她以为我是到外头寻快活见世面去了。没有我在身边，水香肯定是眼巴巴地望着念着我，被子里也空凉凉的。从她嫁过来，我还没离开过她，她也没离开过我。我揉着自己已经开始磨烂的肩膀，看着箩筐里的那些石头，想着想着，泪就出来了。九财叔吃惊地看着我，那只没有眼皮的眼睛像一颗苦桃一动不动，突然从他背着的垫絮里哧啦撕下一块棉絮，过来垫到我渗出血水的肩上，又抱出我箩筐里的一块石头，哗啦丢进了沟壑里。

我一见慌了神，喊："甩不得的，甩不得的。"我不顾一切滑进深沟去捡那块石头，大声说，"这不能甩，这编了号的！"

我抱着石头爬上来，九财叔还是那么瞪着我。

"这是编了号的！"

九财叔什么都不知道，人家在石头上写了字，也在他们的图纸上记下来了，画了好多图。可九财叔什么都不懂。

我把矿石重新放进箩筐里。"这是矿样！"我对九财叔说。

"这不就是石头吗？"九财叔说。他没有文化，我跟他是说不清楚的，只当跟猪说。

"好，你屙血，屙！屙！"他恶狠狠地说。

他不理我，挑上石头一个人向前走了，我也只好又把石头上肩，扁担在磨破的肩上咯吱，咯吱，咯吱……

我正在埋头一步一挨着，听见前面一阵响声，我猛然一抬头，看到九财叔握着扁担，站在那儿，一动不动。前面的箭竹丛里，窜出来一群野猪，就在九财叔不远处！

"上树！"九财叔一声喊，我甩下担子就往最近的一棵树上爬。我还没有看见过那么多拖儿带女黑压压的野猪，我往上爬，踩断了一根枝丫，从树上掉下来，摔得屁股一阵剧疼。我看见九财叔非常紧张，可他又不能动，只能对峙在那儿。我这摔下来的一声，让野猪们警觉了，一个个竖起毛刺刺的耳朵，亮出尖尖的豁嘴和寒光闪闪的獠牙对着我们。我接着又往树上爬去。"叔，你上啊！"我拼了老命喊。这一喊，野猪们出击了，箭竹丛一阵哗哗的骚乱，滚滚黑浪就向我们卷来。

"你混蛋！"九财叔拉下我就朝陡坡下跳去，至少有三米高的陡坡，我落到地上，卡在一个石缝里，脑袋好像撞上了什么，一阵迷糊。野猪的吼叫声在岩上面，过了一会儿，我头脑清醒了，听见九财叔说："治安，治安，你在哪儿？"我说："叔，你在哪儿?"九财叔爬过来替我翻了个身,恶声恶气地说:"让野猪把你吃得干干净净!"我摔得不轻,懒得跟他论理,他又吼着要我快抽出开山斧来。我从腰里抽了开山斧,我们听到头顶上的野猪们急吼吼的,但并没往下面跳。我们贴在石头下,大气不敢出。"得亏没有血腥味。"九财叔说,他是指我们没有摔出血来,野猪没有对我们继续追击。我看九财叔,已摔得鼻青脸肿,那只没眼皮的眼睛里已经充血,红森森的,脸上手上都有深深的划痕。我知道自己也摔得不轻,浑身疼痛。天渐渐黑了,我们不敢上去,就着石崖,点燃了一堆火。这深山里的秋夜,寒气浸人,又冷又饿。九财叔说千万别动,野猪是很有头脑的。坐了一夜,第二天天亮后,见没什么动静了,我们手拿开山斧小心翼翼地爬上岩去,看到我昨天爬的那棵树,已经被野猪撞倒撕烂了,我们的箩筐也被掀翻,矿石、被子被践踏得脏乱不堪,沾满了臭熏熏的猪屎。我们收拾好石头,只好慌乱地逃出这个野猪出没的野猪坡。

这一趟,少了两块石头,是九财叔担子里的。他不知祝队长都标了记号,回来签收单上都记下了。估计是在野猪坡被猪拱翻后弄丢的。为此祝队长又狠狠批了九财叔一顿,并且宣布扣他两天的工钱。为这两块石头,九财叔这趟白挑了。九财叔言语不多,没有解释,只是瞪着那只没眼皮的眼睛看着祝队长。我给他们解释说我们遇到了野猪群,可能是野猪把我们的石头掀到山下了,我们还差一点没了命。可是办事认真的祝队长说这不是理由,这些矿样比生命还珍贵。

"你以为石头跟石头都是一样的?"姓王的博士歪着田螺头给祝队长帮腔。他们不相信我们的话,以为我们是故意丢弃的。

"你这么一丢,我们这么多人至少一天的劳动白费了。"洋芋果小杜笑着想缓解气氛。

事实上那天的气氛并没有缓解。那天晚上吃饭的时候，小谭还给了九财叔一杯酒，说是请他"代"了。九财叔把酒喝了，连谢也没谢人家，倒头就睡。

我怀疑那石头是他故意丢的，在半道上趁我没注意把它丢掉了，以减轻肩上的重量。

深秋的马嘶岭夜晚，寒风比白天严厉千百倍，有时候飘下一点小雪，有时候飘下一阵细雨——雨是由浓雾而来的，滚滚的浓雾时常淹没我们。那些天，我听到的总是黑压压的野猪在奔跑和狂叫的声音，仿佛它们就在我们头顶，不断地来去，不断地聚散，没有停歇，让我噩梦不断。老麻听了我们的经历啧啧称奇，说："我不信，你惹了野猪没被吃掉，这说不过去嘛。熊比虎狠，猪又比熊狠，这谁都知晓，你们就损失了两块石头？哄鬼。"我说："钱就是用命换的嘛。"老麻就劝九财叔说："有命在，二十块钱就不算啥了，留得青山在，不怕没柴烧。说不定哪一天，你们在这山上能捡块狗头金回家呢。"

没有灯，我们坐在火堆旁，火堆是抵御这凶恶寒夜的一道温暖的屏障。用盐粉揉着一盆野葱的老麻来了兴致，说给我们讲一个狗头金的故事。

老麻那天说的是他们雾渡河上游上一辈人的事。他说马嘶河沿途是有金子的。他说的是旧社会。他说有个人捡了一坨金子，刚开始只觉得是块石头。他把话岔到九财叔丢矿石上去，说，你看起来是块石头，他们看起来里面就有金子，听说含金量还蛮高呢。他说有这么个人，是到河滩刨地刨到一块石头，黄黄的，也没当金子想，捡回去丢到猪栏屋里了。晚上起来拉尿，看到那块石头闪闪发光，就知道有内容了，找人一问，是块狗头金，这么大——他比画有一个狗脑壳大——于是就到宜昌去，换了足足五百大洋。他揣着这么多叮当乱响的洋钱，就想到窑子里去嫖一嫖。问好了，宜昌城有个最有名的，长得闭月羞花沉鱼落雁，掐得出水来，于是就寻去了。嫖过之后，两人互问籍贯姓名。那人一听，知道遇上了自己的亲生老子。为何呢，因这男的生了五六个妮子，后又生了一个妮子。这妮子长到六七岁时，家中无力抚养，便卖给了别人，哪知这妮子长大后误入妓院。虽然与父母姐妹分别时还小，互不认识了，但那妮子还记得自己的老家，记得亲娘老子的大名。于是在生父离开时，她在他一双备用鞋里插了根针，针下附了一信。那男的离开后，到晚上在一客栈里洗脚换鞋，一穿发现鞋内有一根针，还扎了一张信笺，展开一看，上写：您是我的亲老子，做了不该做的事，云云。这人读完后觉大事不好，赶去那妓院，一问，知自己的女儿因羞愧难当，已经投江自尽了。

讲过这故事后，老麻对我们说："你们天天跟他们一起出去挖，说不定走狗屎运，真挖出一坨金子，也有可能。运气来了，门板都挡不住。"九财叔苦笑了一声，沉默了。我给老麻解释说："你以为这石头是狗头金啵，听说最富的矿，一吨石头才能炼出几克来。"我用手指抓了一撮冷灰示意道："就这么多。不过，也有的一吨石头里含一斤多金子的，但这少而又少。"九财叔横了我一眼道："你懂！"我拿出枕头下的一本书给他们看说："这里面全有。"他们就像看生人一样看着我，我便有点得意了："这是小杜借给我看的。"

的确是她借给我看的，是一本《金矿地球物理找矿》。我跟她出去有几天，我们是分两个组，我帮小杜他们挑东西，小杜给过我一种糖吃，不知啥糖，吃到口里一股煳锅巴味，我就问这是啥糖，她说叫巧克力。"一颗抵你们小卖部一斤水果糖的价。"她对我说。这么贵！怪不得包得这么精精巧巧的，我就把那红色的玻璃糖纸留住了。她之所以给我糖吃，是听了我唱歌。她有个小机器，里面放一张薄薄的闪亮的圆盘，然后就戴上耳机听，估计里头也是歌。

有一天她要我再唱，我就给她唱了"阳啊阳坡的姐，阴啊阴坡的郎"。我说，我再给你唱几首五句子吧。我想了想就唱了一首："吃了中饭下河游，一对石磙顺水流，你要沉来沉到底，你要流来流到头，半路丢郎短阳寿。""很好听，"她说，"也很有意思。"我就又唱了一首："吃了中饭巴门站，泪水滴得千千万，可惜泪水捡不起，捡得起来用线穿，情哥来嗒把他看。"她一个劲说好，我胆子就大了，就唱起邪一点的："吃了中饭下河耍，河下公鸭撵母鸭，公鸭撵得喳起个嘴，母鸭撵得叫喳喳，扁毛畜生也贪花。"小杜和大家都笑了。小杜用那小机子把我的歌都录下来了，她还边听边记下那词："为什么总是以'吃了中饭'开头？"是呀，这一问问得我也有点傻了，我说不知道。王博士却说："这还不简单，饱暖生淫欲，饥寒起盗心嘛。吃饱了饭没事干，就想那公鸭撵母鸭的事，听说这山里的女孩子是很开放的哟。"我说："也不见得吧。"我说可能是与我们这儿只吃两餐有关，我们这儿早上起来是不吃不喝的，洗了懒就出坡干活。洗懒就是洗脸，因为早晨起来人容易懒，吃了喝了更懒。干了一气活，太阳当顶了，才回家吃中饭。所以，人吃了饭，才有劲，才想唱歌做别的。因小杜喜欢听我的歌，我的胆子也大了，见到丢在她旁边的一本书，就拿起来翻。他们测量、刻槽、取石，我没事就看那本书，全是怎么找金矿的，后来她就借给了我。

在我得到那本书以后的几天里，山岭却是极安静和明朗的。白云在天空如影随形，有时候，一股小风吹过，会带来一种强烈的野果成熟的气味。野柿子啦，五味子啦，鲜红的茶果啦，咧着大嘴傻笑的"八月炸"啦，还有吊在藤上快撑不住了的沉甸甸的猕猴桃啦。我钻进林子中去摘，我把五味子、"八月炸"给小杜，把酸不啦唧的猕猴桃给两个背测杆的杨工与龙工，把不软不硬的野柿子给王博士。他们吃着，不停地点头说："嗯，好吃。"我又给他们唱了一首："吃了中饭肚里嘈，要到后山摘仙桃，七尺竿竿打不到，脱了草鞋上树摇，摇得仙桃满地抛。"

那天小杜、王博士和小谭出去了，回来时每人都弄到了大大小小的水晶，就是那种透明得像玻璃和冰块的玩意儿。小杜还意外地弄到了一块红水晶。原来他们是去了一个水晶洞。那块通体透明红如胭脂的水晶让大伙啧啧称奇。可是祝队长却把他们几个人熊了一顿，说他们是胡来，说我们要把一个完整的矿山留给县里。祝队长因为激动两腮都出现了红疹子，摘下眼镜朦胧着眼瞪他们说是搞破坏，当场就把小杜说哭了，大家也就不敢吭声，连晚上吃饭的时候也鸦雀无声。那块红水晶是否被祝队长没收了，我不知道。

一般来说，每天天刚亮，祝队长的哨子就响起了："起床了，起床了!"大家惺惺忪忪地起来，不辨滋味地把稀饭裹着馍馍吞下肚去，然后灌水，拿上馍馍和腌野葱野蒜，摇摇晃晃地走了，到了傍晚我们就回到营地，几乎每天如此。这群人——祝队长他们，无论男的女的，就像我们村头磨苞谷的水磨子，不停地干活，爬坡下坎，下坎爬坡，写写画画，然后收了仪器，抱来石头丢进我们担子里让我们挑回来。

好天气并不是经常有的，没过几天，寒风就缠在岭上、河谷间不走了，黏黏的浓雾悄悄地泛上来，与寒风一起，搅得天昏地暗。但是即使能见度非常低，祝队长还是催促大家出去，他的要求是：赶在大雪封山之前完成此次踏勘。在雾里我们挑着仪器以及他们中午的饭食，甚至还有睡袋，还有我们的被子，往勘测点走去。等到中午难得太阳出来一会儿，赶紧工作。如果晚上回不来，走得太远了，就随便找一个岩洞住一晚。在那样的晚上好歹他们会给我们一张塑料布，但也不能抗拒石头上的砭骨冰凉，人像赤身裸体丢在冰窖里。他们虽然有睡袋(是鸭绒的)，睡袋下又有油布，拉上了拉链就隔开了寒风，可我看见他们还是在睡袋里瑟瑟发抖。这些城里来的知识人，还真能吃苦呢，虽然抖，第二天一爬起来，又有了精神，又抖擞着活了，而且他们还啥病都不生。我却因受了风寒发起高烧来，浑身滚烫发热，还咳嗽。小杜小谭他们给了我几颗药吃，老麻还给我熬了些姜汤。我时冷时热地躺了一天，天一放亮，祝队长就进了我们棚子说："你们得挑粮食去了哟。"

挑粮食就意味着又要挑石头下山，听到这话，我骨头都软了，我看见九财叔的脸也阴沉了下来。可那是跑不脱的，堆在帐篷里的那些石头，迟早得要我们把它们挑下山去。我就说，那就走吧。我往箩筐里装着石头，杨工和龙工记着数，记着，然后将记了的纸装入一个信封，封上口，让我们带着一起送下山去。

我们正准备要走的时候，小谭突然说要跟我们一起出山，他说他请了个假。是不是又要给他上学的妹子寄钱呢？当时不知道，走到半道上，他才说是想下山打个电话。小谭穿着一双旧旅游鞋，披着油布(又防下雨又可垫着睡)，背着旅行包。他说他母亲得了绝症，做了手术，家里欠了许多债。他说他早就不想在祝队长这儿干了，才两千块钱一个月，他早在深圳那边联系好了，一去就是八千的月薪。可祝队长留他，说不能缺少他，他是看祝队长的面子才留在他身边的，祝队长对他有知遇之恩。当他说深圳有八千块钱的月薪，着实让我有点吃惊，我们那儿也有人去深圳打工的，不就几百块钱一个月吗？来去的车费一除，也就跟在宜昌打工差不多。我说起这，小谭就说：这就是知识值钱。他说他们那儿也是穷山沟，他家有五姊妹。他问九财叔有几个孩子，九财叔说三个女娃，老婆死了，还有个八十多岁的老母。他问我为何没读高中，我说没钱嘛。他说他母亲之所以得绝症，是因为卖血给他读书，他说他还有个姐姐，成绩很好，为了他，就辍学去打工了。九财叔在后面暗暗地对我说，别听他说得可可怜怜的，他是防我们呢。我不解，九财叔就说：很明显嘛，我们两个，他一个。可是我不信，回来的时候我见他眼睛红红的，看来电话是打通了，他说他母亲不行了，他抽着鼻子，说等这次踏勘完了就回家去，还不知能不能见上母亲。

好在来回都没有再碰到野猪，多了个人，胆也大些。我因为感冒，四肢无力，回来时挑着挑着就实在挑不动了。我挑着四十斤的两袋面粉，一袋五十斤的米，加上蔬菜、肉鱼，足有两百斤。小谭说："看你这瘦小的个子还真能挑哇。"我说哪是能挑，还不是为了一天十块钱。你们是知识值钱哪，我们这儿也有个说法叫力大养一人，志大养千口，而我连力也不大，唉。我挑不动了，就让他们先走，反正有床被子，挑到哪儿睡到哪儿。九财叔说不行，你一个人，碰上野猪和其他野牲口了怎么办？我们出山的那天，在野猪坡的箭竹林里虽没遇见野猪，但看见过一头老熊，可能快冬眠了，躺在竹窝里没理我们。九财叔说："万一不行小谭你就先走，我跟他慢慢来，你反正知道的，跟祝队长说一声，小官他病没好，路上要耽搁一些。"小谭说："我倒也不怕，一个人走，我身上又没有钱，连手机都没有，就一块手表，还是电子表，十几块钱的。"这话是说给我们听的，意思是跟我们一样，穷鬼，让我们打消打劫他的念头，他已经暗示过无数次了。他说的也是实话，那么多人里，就他没手机，那些人都有手机，是他告诉我们的。他说手机是个寻常物，城里一人两三部也不稀奇，而且淘汰很快，年把就得换个新式的。小谭说还是大家一起走吧，安全些。他把我箩筐里的那袋米背上，这样我就轻了许多，但腿还是软的，又加上咳嗽，人一咳，就气喘，气一喘，心就慌，心一慌，身子就飘，一步不稳，就歪下了沟坎去。

这一跤人没摔坏，爬起来，面粉袋子摔破了一个，白花花的面粉撒了一地。我很害怕，说："小谭，你得给我做证啊。"九财叔把我从沟里拉起来，又去收拾面粉。小谭说："这不是你们的错，面粉就算了，树叶石子的，收起来也没法吃。"

好在有小谭做证，我又是带病，祝队长没扣我的工钱。可到营地我就倒下了，有种快死的感觉。八大脚我爹说人死就是一口气，一口气上不来，人就死了，就归他抬上山了。如果就一口气的有无来证明一个人的死活，那死就是很轻松的事。为什么有的人临死前疼得清喊辣叫？为什么有人死时流着不断线的泪水？我认为我那一次体验到了死亡，在那个垭口，三两里地外的营地在向我招手，可是我再也挑不动了。"你真的不能挑了吗？"小谭问我。我说我挪不动了。他说时间还长啊。意思是你这个样子，不能跟我们干到头哇。我一想，又怕他们赶我走，不要我了，我就咬了牙，不让担子歇下来，一歇下来，担子就成了一座山。我走，那两个筐子就像有两个魔鬼一前一后使劲扳着你的扁担，筐脚还时常绊着石头或者树枝、葛藤，脚下又是沟坎又是悬崖。每当筐脚碰一下，手抓住的绳子就会拧圈，人就晃悠，就像无常鬼来拽你的命让你进地狱。脚下没有弹性，扁担就没有弹性，就会东磕西绊，这是挑担的人都知道的。看着破了的面粉口袋，祝队长一言不发。小谭真的就为我说话了，我终于等到了一个主持正义的人，他说你病得不轻。我坐在地上，浑身汗泥，真的病得不轻了。祝队长挥挥手说："好吧，好吧，赶快吃药。"

祝队长没有扣罚我的工钱，这刺激了九财叔，他大着胆子去找祝队长说："能不能不扣我上次的二十块钱？"

"这次与上次无关。"祝队长说。

"可我上次什么也没撒呀！"

他在表功，他在把我做错的事与他做对比。这让我十分恼怒，再怎么我们是一起来的，还是你的表侄，你这个表叔哪像个长辈？你的意思是不是说，该扣的要一起扣，一视同仁？他就是这个意思。九财叔就这样让我看轻贱了他。

然而过了一天，又要我们下山。说是我们捎回的信上说，就这两天就有发电机了，是山上要的，要我们去挑上来。

祝队长催促我们，是因为头一天晚上那该死的怪光又出现了。我们的营地黑咕隆咚，那光白晃晃地出现，照过来，就像被坏人，被土匪团团围住似的，十来个人无路可逃了，末日来临了。

"大家拿上家伙!"

　　半夜就听见那边的帐篷里祝队长他们吼叫着。我们拿起了开山斧——一般我们都是插在后腰的木叉子里的，山里的每个男人都这样，每天出门上山都要带上，可以砍葛藤荆棘树枝开路，可以对付野牲口，还可以对付歹人。我们拿着开山斧出去，老麻拿着一根棒子，就见一道白光从崖顶直射下来，令人睁不开眼睛。一声果断的枪响，那光倏忽消失了。祝队长提着枪，大家的电筒一起照着，手举刀棍跑过去，中弹的地方什么也没有，是一块石头，上面留着清晰的弹痕。姓王的博士接过枪去，又朝林子深处开了一枪，大喊道："有种的出来!"

　　"出来! 出来! 出来!"大家齐声喊。

　　没有东西出来。祝队长就说，赶快把发电机挑上来。

　　九财叔要提条件了，因为他有气，所以他提出了条件。他说要把那管双筒猎枪给我们带着，因为野猪坡的野猪很厉害，人命关天。另外能不能少挑一点，下山后再叫两个挑夫来。没有一个条件能让那个古板的祝队长答应的。祝队长说枪不能带，队里只有一杆枪，要保护那些仪器，还有这么多人。他说，你们两个在山里钻惯了，多留个心眼没事的。九财叔说，那要是有个三长两短呢? 祝队长火了，说，你们的开山斧是吃素的吗? 可是，要是再碰上那群野猪，甭说是开山斧，就是枪也没用，野猪横了，一头猪顶三只虎两头熊。我和垂头丧气的九财叔就商量着怎么样躲过野猪坡，九财叔说反正这命要丢在马嘶岭了，回不去了。那怪光缠着我们不走，野猪又来撵我们，难道来这儿就是命? 九财叔就对着山磕起了头，他拜了几拜，也没说话，站起来，从背后抽出开山斧，朝一棵红桦猛地砍去，哗啦啦，红桦上飞出了两只大鸟，哇哇地叫着消失在林子上空。我看见红桦淌出了乳白色的汁液。那大鸟凄厉的叫声萦绕在山冈上，久久在我们心上盘旋。

我们走了，九财叔好像攒着一把劲，匆匆走在前面。我心里好害怕，只得紧紧跟着。走了一气，九财叔在前面歇下来了，把扁担横在两个筐上，坐在上面，敞着怀，呼着气。我们已经过了河谷，望不见营地了。九财叔说，见了野猪别跑。九财叔又说，光是冲他们来的，我算了算，我们熟，他们生，要害害他们，他们这么不讲道理，还是读书人，种田搓泥巴的就不是人吗？我也替九财叔说话，他们太要不得了，我们命都快丢了，他们还扣二十块钱。九财叔恶狠狠地说："有独眼鬼干脆把他们都吃掉！不讲理！"在枯死的箭竹林里，光秃秃的风发出翻来覆去的沙沙声，好像也在恶咒，好像有无数的野牲口和野鬼来了，被九财叔召唤来了。"来一个敲他们一个！来一个敲他们一个！"我听他说。他一定是很恨了。忽然，我听见哗的一声，抬起头一看，九财叔把一箩筐石头全倒出来了。

"九财叔，你这是干什么！"

"嘿嘿，"九财叔干笑了一声，九财叔踢了箩筐一脚，那颗快蹦出来的眼珠子对着我，"我找狗头金。"

我跑过去，他在石头里扒拉着。

我赶快给他把石头往箩筐里装。他说："你不要怕，你何必这么怕他们。"我说："我不是怕，我怕哪个，我是想平平安安回去，弄完了我们好回去，我去伺候月子。"九财叔说："二十块钱哪，你晓得，二十块钱！"他仰天长叹，我看见他那只不能闭合的眼里流出了浑浊的泪水。我的心里也沉重起来，我知道这二十块钱对他来说是个大数字；我知道他家徒四壁，三个女娃挤一床棉被，那棉被渔网似的；我知道他常年种洋芋刨洋芋，用一张板锄一张挖锄，第三张锄是没有的；我知道他家把房子当作牛栏，牛栏破了没瓦盖，另外也怕人把他家的牛偷走了，这可是他家最值钱的家当；我知道有一年他胸口烂了一个大洞，没钱去镇上买药，就让它这么烂，每天流出一碗脓水；我知道去年村主任找他讨要拖欠的两块钱特产税，他确实没有，村主任急了，打了自己一嘴巴，说："我他妈这么贱让人磨，我给你付了。" 二十块钱对祝队长他们来说也许什么也不值，可对于九财叔来说，那可是十年的特产税呀。

　　菩萨保佑，这一趟出山还顺。我已经不屙血了，肩膀和脚上的血痂也慢慢好了。这次回来时我们挑着小发电机，汽油，小心翼翼地蹚河爬垭，翻山越岭。我们大多走兽道；兽道是野牲口们走的，野牲口爱走熟路，走多了，就有一条道。回到马嘶岭之后，晚上发电机一响，电灯亮了，营地有了从未有过的生机。

　　整个马嘶岭好像也有了生机，天气彻底地晴朗了，灌木丛和森林红艳艳地拥挤在一起，远处的山脊从红绿相间中跳出来，惨白惨白，像涂了一层石灰似的。一切都显得那么幽深，壮丽，清晰，懒散，而更远的群山如黛，连绵不绝，像一些晾在阳光下的绿绸子，环绕着我们。河谷里的流水也越来越明亮，越来越光滑，细得像一根绳子。

　　不过这次回来后，有好几次，我就发现九财叔站在祝队长的身后，也不说话，也不动。他也站在我身后过，不动，把我吓一跳。他是不是想说那二十块钱的事？不得而知。祝队长爱坐下来抽一支烟，眯着眼望群山。祝队长似乎知道九财叔站在他身后，有时慢慢转过头来，看九财叔一眼，表情平静，这时候，九财叔就会走开。祝队长有时候也摆弄他的手机，按去按来的，因为这里没有信号。老麻说，上次那两个人给祝队长又带上来一个手机。他伸出三个手指，表示有三个手机，啧啧了几下，说："有五十多个电话找祝队长，可找不到他，都是要他下山去。他说他不理会这些，在春节之前把这次踏勘搞完了再说。"老麻说，我们可能还得待一两个月。我愕然了，说："那我媳妇就要生了。"老麻说："多一个月是一个月的工钱哪。"

老麻显然心安理得，可能为多待一些时日暗暗叫好。这老麻顶多是跟别人整零席的红案师傅，平时也没啥人找他，在这儿吃了喝了还拿工钱，又不挑又不扛，又不早出晚归又不吹风淋雨，他当然喜欢了。

好像要下雪的样子。半夜果然下起了雪，然后就是雨，这场雨来势可凶猛，雨夹雪霰，打得我们的塑料布顶像要穿洞了一样。正迷糊间，雨水漫进了我们的帐篷。我是做梦梦见掉进了村里的那口深潭，腆着个大肚子的水香硬是不来救我，她就站在潭上面。我冷啊，醒来一看，我们已经泡在水里了，外面已经闹哄哄一片。

"快转移！快转移！"

许多电筒的光柱在那儿横来扫去。我们出去一看，崖上的雨水就像瀑布一样朝我们泻来，非常急邃。我们按指挥把东西挑往一个不远的小山洞，先到洞口的杨工和龙工说刚才洞里出来了一头野兽，但我们没有看见。他们说像羊，进去后里面果然有一些野牲口的粪便，根据我的经验，好像是灵鬓羊，个头挺大的那种。洞里本来就有水流出来，现在更大了，我们把他们认为贵重的东西搬进去。搬完东西，就生火烤衣裳。可烟雾出不去，熏得大家都受不住，特别是九财叔，那只不能闭的眼睛里就哗哗地淌泪，他后来干脆就出洞去了。他披着雨布，坐在洞口，那只眼睛亮晶晶地看着远处我们被淹的营地。我们就睡在门口，其实是坐，裹着湿漉漉的被子，坐等天亮。

天亮后又因柴火全湿了，没有吃的，他们给了我们一人一块压缩饼干。九财叔说："这石头一样难啃哪。"老麻说："他们有凤尾鱼。"我已经看见了，是一种铁盒罐头。我们闻见了鱼香。

中午太阳出来了，我们抱被子翻晒，拉垫絮的时候，从絮里抖出一个红红的东西，我一看，是个女人的发卡。这是小杜的，小杜夹在前额上的，是其中的一个。小杜有两个，那两天我看见她只夹了一个，原来这一个到我们絮底下来了！那东西抖搂出来后，九财叔就飞快地抢了过去，对我说："你小子别管。"他藏进了内衣口袋，把个破毛衣领拉得大大的，往胸里头塞。他露出宽大的烟牙，嘴巴就不由自主地缩到了耳根。那只可怜的右眼珠好像要跳出来，变成一颗落地的秋板栗，会发出啪的一声。这使我不敢再惊讶，装着没事的样子，继续晒着被子。不管怎么说，小杜的红发卡都是很漂亮的。小杜长得不漂亮，但不知怎么，夹上那两个红发卡在右前额的头发上后，就显得好洋气，头发还是黄的，染了的，黄发加红发卡，跟咱们山里人夹发卡又不一样，夹在不该夹的地方。

我明白九财叔是在暗中弥补他的那二十块钱，他要把它补回来。吃饭的时候他死撑，一碗一碗添。人家要四个馍他要五个六个。"我能吃，怎么的？"他说。若在家里，顶多一碗洋芋就解决了肚子，他是个铁骨膦，瘦，肚子并不大。他吃得直翻白眼，嗳气，打嗝，我都看不下去了。踏勘队的人已经看出了他是在闹情绪，他故意夸张地吃饭，是在与祝队长作对，是在表示他的抗议和愤怒。

就在我们遭水劫没几天，好消息传来了，祝队长他们在那剥夷面的西南，发现了一个厚度达三十多米、斜深达千米的富金矿，说还伴有黄铁矿、铜、锌、铅等多种矿物。这是初步证实的结果。祝队长说，最保守估计，以后一年可以给县里带来几百万的财政收入。那天营地真的是一片欢呼。姓王的博士在回来之前还用红油漆在那儿的石壁上写下了"我来也"三个大字。祝队长余兴未尽地用望远镜望着河谷对面，望着小王写过字的地方，说："证明我当时的推测没错。"我记住了他们那天所说的"斜卧矿柱"。我没有用望远镜从远处看他们的发现，河谷总是雾霭蒙蒙。我在想象这个斜卧矿柱的巨大，它哪一天站起来，像一个有生命的东西站起来，站得比马嘶岭还高，浑身是金黄色，金灿灿的，该是一种什么气魄呀。

"关你啥事！"九财叔对我说。他拍了我肩膀一下。他在我的傻傻的表情上看出了高兴——分享着踏勘队的喜悦。他忌恨地说："咱们后山的磷矿也说是国家的，给谁包了？给乡长的一个朋友包了，金子再多，会多给你二十块?!"

我说："这总归是好事啊。"

老麻说："老官的气还没顺。我说，矿是肯定给人包的，但承包款和税收是每年得交给当地政府的呀，祝队长说的财政收入，是指这个。"

九财叔讽刺他说："你是乡长的口气咧。"

老麻说："有一说一嘛。"

我说："我不管金矿银矿，他们早点结束了，我们就可以早

072

点滚蛋了。"

我想的是这个，我真的想这个，想回家，想水香，想她那沉甸甸的肚子。我只想水香生娃子时我在她身边，我拿了踏勘队的工钱，我就去县城给水香买一对那样的红发卡，穿了洞的小树叶一样的，也夹在水香右额的头发上。黄连垭的人都不知道这种夹法，也没有这么漂亮的发卡。九财叔的三个妮子虽然长得还不错，可一个发卡，看他给谁。我们水香脸型好，眼睛、嘴巴都比小杜好看，皮肤也比小杜好，又不戴眼镜，怎么看都舒服。别看山里人，山里人喝的水好，人就是水灵。小杜的胸奶也不大，我看比野柿子大不了多少，早上不吃，大家笑她减肥。这么不肉气的妮子为什么还要减肥呢？我突然想到我买了红发卡，还要给水香买一条红牛仔裤，就像小杜身上的那条。可我想了想县城我见过的衣摊，似乎没有红牛仔裤，只怕是要到武汉城去买。红牛仔裤真是很亮，贴身贴肉，裹得屁股大腿怎么看怎么舒服。我真的有愧于水香，什么都没给她买过，她跟上我了，吃没吃什么，穿没穿什么，在家里地里忙这忙那。去了集上，买这不敢，买那没钱，几个小票子捏出水来了，回来时，还捏着，还是没用，还对我说："不要买，街上净宰人，哪儿都贵！"

踏勘队遭了水劫后，许多图纸淋湿了，丢失了不少数据，祝队长为此闷闷不乐，说时间又耽误了，要加紧补数据。他的情绪影响了踏勘队。踏勘队的人都木着脸干自己的事，一点笑声都没有。那一天他们去补数据，我们就在姓王的博士的指挥下，在营地加固帐篷，把帐篷四周的土堆高夯实，以防崖上的雨水再下浸。小王不让我们进他们的帐篷，这没什么。他守在帐篷的门口，看着我们挖土，挑土，培土。那天天气尚可，雾渐渐开了，他就搬出一个仪器来，许是没事，就摆弄那玩意儿，朝河谷和河谷对面看着。这小子一定是在观察祝队长他们。远处的森林浓如烟霞，依山势的爬高而呈现出陡峭的层次，树干白得耀眼，山壁黄得疹人，天空云彩斑驳。我们的一双肉眼看到的就是如此。不知怎么，九财叔被那个仪器引诱了，他想看看让王博士入迷的东西究竟是什么。于是趁姓王的去山崖边解手时，跑过去瞄了那仪器一眼，他还没看清楚仪器里面的东西，身后就传来一声怒吼："干什么！"

又说："这个值几十万！"

九财叔腿一软，当时脸都白了。九财叔就赶忙跑到一边去了，几十万哪，九财叔还真没把它碰倒，碰坏了，他拿什么赔？

九财叔躲到了一边去挖土，锹怎么也插不进去，没力了，整个身子都软了。一种深深的委屈和愤恨从他的那只眼里射出来，像刀子一样，让人心尖发寒。到了晚上，他开始发烧，躺在床上，身子发着抖，还四肢抽筋，发出喊叫，像被鬼掐了喉咙一样。

他说："治安，快去喊我的魂回来。"他从头上扯了一把头发下来，让我用一片树叶包好，烧了，放进他装水的碗里，喝了，用一块石头刮着空碗。他把碗交给我，说："你就这么刮着到外面去，喊我的名字，要我回来。"他指示我往黑夜的深处走去，越远越好。我走着，喊着："官九财，回来呀，回来呀，官九财。"我在向深邃无边的黑暗走去，昏暗的星星，陌生的荒野，还有一些绿莹莹的野兽的眼睛……我喊着，浑身汗毛倒竖。我刮着碗，吱啦吱啦，吱啦吱啦，走了没一阵，我就丢下了碗，朝棚子里狂跑，大叫一声，与老麻撞了个满怀，顿时委地瘫了下去。

唤魂的事让老麻说出去了，祝队长气急败坏，说："好哇，你们在这儿装神弄鬼，这是什么地方？这不是你们的村子！"他拿我们没有办法，他那些东西要挑，他只能发发脾气。奇怪的是，九财叔的烧不吃药就慢慢退了，这作何解释，这是啥原因？

　　这以后，九财叔又盯上了王博士，只要姓王的背对着他，他就会不顾一切地站到姓王的后头，就那么站着，等姓王的回过头，他又没事似的走开。有一天，在踏勘休息时我看见姓王的拿着一个钱夹子大声追着九财叔质问："你看什么吗？你看什么吗？"王博士并不知道他吓掉了九财叔的魂，只当是他爱看个稀奇。祝队长就说："这老官，有病。"王博士晃动着他那个钱夹，意思是没什么钱。钱夹里夹有一张照片，与一个女人的合影，两个人戴着那种方帽子，从上面还坠下黄璎珞。听他们说那就是他的老婆。不过我心里清楚，九财叔不是想看稀奇或者好奇才站到他后面的，那是九财叔一种无声的示威。他恨，执拗的、单刀直入的愤恨。一个不能表达、无从表达、不敢表达的人，很快就将一般的成见变成了仇恨。这太正常了，可是，也许祝队长和王博士并没有察觉，这非常危险。为什么不让他表达出来呢？可怜的九财叔，沉默的九财叔。他这以后真的就像掉了魂似的，躲在一处抽烟，发呆，丢三落四，爱理不理，眼神恍惚。

　　我的印象也被搞坏了，我给九财叔唤了魂的，装神弄鬼也有我一份。我发现小杜都懒得理我了，他们瞧不起我们。那天晚上，当我把书拿去还给小杜时，经过他们的床铺，他们问我干什么，我说给小杜还书。他们要我丢在那儿，可我又想再借一本，我就说我亲手交给她。我进去时感到他们的目光像针扎在我的背上，让我变成了一只刺猬。那些目光是审视的，冷漠的，也是不屑一顾的。我那天知道不该闯入他们的帐篷，但我那天实在想再弄点东西看看，特别是关于"斜卧矿柱"的内容，书上肯定是会有的。我进去后看到洋芋果小杜在一个本子上记着什么，已经偎在她的睡袋里了。她见了我，像被火烫了一样往里缩，慌乱地哦了一声。我说我是来给你还书的。我再没敢说什么，便飞快地出来了。前面的火塘边，祝队长他们正在分烟说着话，看到我，就像看一个怪物。我本来想好了，出他们帐篷时说一句客套话"你们歇吧"，可出来根本轮不到我说，我是个很让人小瞧的乡里人。

外面一片漆黑，那天我真希望神奇的怪光出现，照着我，我就要向它走去，告诉它这里的一切，向它讲我心里的话。我什么也不会怕的。我在心里喊："光，光，你怎么还不来呀！"那像利剑一样骇人的光，刹那照彻了这深广黑暗的光，刺中了什么，还真是一种惊异呢。我真希望这儿多出现点怪事，冲冲这里的压抑，冲冲人心里黏稠的东西，让人振奋得发一下抖！我走进我们那塑料布被吹得呼呼乱响的棚子，摸黑钻进被子，听见九财叔响亮的磨牙的声音，就像在磨一把斧头。

其实，我知道踏勘队他们是对着九财叔来的。他们对九财叔有些警惕，他们就把我们一起防了。这些都让老麻无意中说出来了。有一天老麻弄了几个套子，套了一只经常出没在坡上的麂子，弄了一锅热气腾腾的麂子肉汤，结果祝队长不但不领情，还硬要把老麻赶走，说是"两个山字一垛，请出"。老麻好心办了坏事，祝队长从不吃野味的。老麻背着行李卷就只好走了，但是踏勘队其他人替老麻求情，因为做这么多人的饭是件大事，炊事员一走，工作就乱了。于是祝队长便去追赶老麻，把老麻从路上截了回来。老麻好像知道他们会来截他，在山道上紧走慢走哼着歌，见他们赶来，故意说，缺了我这个烂萝卜，还整不出酒席来，再请个好厨师，比如说老官，可以给你们做饭蒸馍呀。姓王的博士就说，你就别假客套了，你明知道我们不放心那个老官。

　　老麻重返营地拿起锅铲的那个晚上，在棚子里他对我们说："读书人认死理，犯牛倔。我在镇委会给镇长他们做饭，点着要吃野味，县里的干部下乡来了，也是说：'老麻，今天吃啥呀，有没有鲜一点的炉子（火锅）？'你看人家！山上的野牲口，不是吃的是干什么的？我们镇长最有能耐，为了把家鸡混成野鸡，他可以把鸡脖子抻到一尺多长，乍一看，就像野鸡了。上头来的人也不知道，放了一把花椒，以为就是野鸡，就说还是野鸡鲜。"老麻给我吹嘘说："我说不回来了，他们几个人拉脱了我的袖子。我说，衣裳拉坏了是有价的，他们就说，拉坏一件赔你两件。嗬咳！不是我说，你叔走，他们还巴不得呢。"

　　老麻得意了好几天，把姓王的说的话全透给了我。他还唱歌："远望姐儿穿身白，擦身过去不认得，鹞子翻身掐一把，桃红脸儿变了色，如今的姐儿挨不得。"他唱起歌来，拍手树就一阵乱响。他剁着砧板边剁边唱，我不能把那些话告诉九财叔，告诉了就会乱套，说不定九财叔会做出什么出格的事来。我只好也恨起了田螺头王博士来。九财叔他做了什么呢，不是你吓他，他会站在你后头？每天给你们担着担子，这么辛苦这么可怜，你们还提防着我们，发烧了叫个魂还不是没药吃，又没碍你们什么事。这老麻就是话多，你得意个什么呢？我要是告诉了九财叔，你那颗黄姜鼻子只怕要搬家。

　　九财叔不是不知道，其实九财叔是个非常有心的人，他肯定感觉到了，他在想着怎么扭转这个局势。

短暂的秋天就像一片浮云飘过，马嘶岭白天的风跟夜里的风一样不分伯仲，凌厉凶猛，落叶像波浪一样翻滚在山坡上，整个山岭笼罩在死灰色的烟幕中，密匝匝、枯蔫蔫的箭竹丛在北风的打压下发出荒凉如梦魇的声音，与河谷呼啸的风声一起遥遥呼应着，天空，山冈，森林都在哆嗦。而我们的营地好像要被彻底掀翻了，要掀下河谷去，落到乱石累累的地方，摔得粉身碎骨。

踏勘队的两支队伍合了起来，变天后他们的主要工作是圈定矿体的边界线，还要圈定"矿化富集地和蚀变带"。早晨起来，冒着风出去，走得很远很远。

好像要下雪的样子了，早晨起来，有厚厚的霜，到处一片白。雪没有下时，大雨呼呼地来了，来了还不走，还很绵很赖的，圈定的活圈不了啦。

大雨不急不躁，从河谷里腾起的浓雾霎时弥漫了山岭，所有的植物都在雨水中无奈地蔫奄着，高的，矮的，粗的，细的。森林一片昏暗，千万年的山崖和天空死气沉沉。两天之后，河谷的水满了，河道消失了，狂乱的水流在巨石间粗野地激荡着，把河岸推向角落，山与山之间的联系湮没在一片啸声中，远远地制造着深沉的恐怖。

在风雨的摇撼中踏勘队龟缩了三天，大家坐在火堆前不停地抽烟，去外面看雨势和水势，但情况如故。

接下来的就是，没有粮食了，没有菜了，要断顿了。

九财叔不等祝队长他们安排，就说要下山挑粮食去。

他们也不是傻瓜，这一河的滚滚河水，插翅也难飞过。祝队长看着九财叔，像不认识似的，说，你怎么过去？九财叔就说是到四川那边去买米。"那，谁陪你们一起去呢？"九财叔说不要谁陪，他跟我俩去。祝队长说："把钱给你，你去买？"九财叔说，是呀。我们买，我们挑当然我们买呀。但是祝队长扬起的眉宇间有无数个问号。九财叔根本不知道祝队长不想把钱交给他，九财叔还以为他们会笑眯眯地送我们上路呢，九财叔肯定在想他筹粮的高招，以为他们会感谢他，改变对他的看法。可是祝队长就是不同意，说不行。他一定是以为我们要偷懒，少挑一趟石头下山。但到四川虽然远点，可以不过河谷，可以马上弄到粮，路上还可以收一些老乡家的腊肉与鸡。这确是一个好点子，老麻破天荒地与九财叔站在了一起，但祝队长就是不松口。他说他想办法送我们过河谷。

那就过吧，看他们怎么让我们过。他们还是要我们带点钱下去，帮他们买香烟之类的东西。在祝队长进去拿钱的时候，九财叔突然出现在祝队长面前！九财叔看见了祝队长长期捆在腰间的一个大腰包，那里面的三部手机和四五千块钱全暴露在九财叔的眼底，那是踏勘队的所有经费。过了几天，九财叔就把他看到的告诉我了。当时祝队长想掩藏已来不及了，他把钱塞回腰包，可由于慌乱，怎么也塞不进去。他朝九财叔说："我没叫你，你进来干什么？"喝退了九财叔，祝队长又在帐篷里弄了半天，出来时他拿出来的不是钱，而是一封信。他把信裹了几层，用塑料纸包好，对九财叔说："交给下面，他们会买齐的，买齐了你们带回。"他又说，"快去快回，别把大伙饿死了。"

他们有雨靴，我们没有。九财叔的力士鞋还破了后跟，他用一根布条把鞋捆好，这样的鞋一上路就会湿透，这么寒冷的天气我们要穿两天的水鞋。好在，他们给了我们一个电筒，一个换过电池的三节电筒。他们几乎倾巢出动了，说是能把我们送过河谷，我和九财叔都知道，这是枉然。我们是当地人，我们还不知道这样的河谷在连阴大雨中是一个什么情况吗？到了河边，那真是望河兴叹了。溯河而上，他们也绝望了，就开始砍树，他们说要临时搭成一个"桥"。树放下了，树扑倒在河里，眨眼间就无影无踪，被湍急的河水卷走了。接着他们又砍了一棵更长的树，又放到河中，但是树一头扎进水中，离对岸还有好远。就算搭上了，谁敢往这样的"桥"上挑担过去？谁不想要命？

折腾了一整天，晚上一个个浑身泥水地回了营地，他们中的有些人就开始倒向九财叔了，可祝队长还是不表态。小谭自告奋勇地说："我陪他们一起去四川。"祝队长摇头不同意，就发动大家一起上山去挖野葱采野菜野果。吃了两天野菜，大家意见大了，逼着祝队长来跟我们说"去四川吧"。

我们便怀揣着他们给的三百块钱，踏着采药人隐约走过的路，像两头野牲口淹没在雨雾茫茫的无边荒岭。

又是一趟生死路。

那一天我们遇到了许多可怕的事。我们走进一个峡谷时，在一个凹进去的石崖边，遇到了一群躲雨的鬣羚，怕有百十只。鬣羚胆小，见了我们，就开始逃跑，只有一条窄窄的崖路，那些鬣羚朝我们跑来，我们贴着石壁给它们让路，九财叔那件破烂的棉衣还是给一只鬣羚角挂住了。我看见九财叔一下子飞了起来，箩筐也飞了起来。好在九财叔那衣服不禁拉，"刺啦"撕了个大口子，重重地摔在了地上，后面的鬣羚从他身上跃过去，竟没伤着皮肉。九财叔叹他命大，骂着要砍下鬣羚的角来。"那倒是一味不错的中药呢。"他说。

我们想走进一个山洞中休息，生点火烤干衣服，黑黢黢的山洞里扑棱棱飞出了一大窝秃头老鹰。进得洞去，一股腥气，也没在意。生了火后，又有老鹰窥伺在洞口想往里钻，我们烤着衣服，火越烧越旺，九财叔突然指着我身后说："那、那是个什么？"我回过头去，妈呀，一副骨头架子朝我们走来！

我们爬起来挑上箩筐就跑，跑出山洞，跑了两里开外，跑得天有些开了，峡谷矮了，才停下来。

"那真是鬼吗？"我问九财叔。

九财叔到底比我有山中经验，说："那不是鬼，是一副被鹰啄净了的骨头架子。"

九财叔说，不是冻饿死的就是被人害了。他说，鹰吃腐物，山里头什么事都会发生，没事谁愿意到山里头来呀。我就问到四川还有多远，九财叔说他也不知道。我说："九财叔，那三百块钱，你给我一百五十块，让我回去吧。"九财叔听了痛骂我："命都快赔了，你就值这一百五？桩桩件件的，你就值一百五？你这没出息的，这点钱打瞎你的眼睛！"我说："那总比被老鹰啄吃了强些。"九财叔就说："我要走，我给他抢完了走。"我说你抢哪个？他说我总不能就这么走。他就溜出了那话："光一百元的就有这么一扎。"他用指头示意。他说出了祝队长腰包的秘密。他说："你不想把它抢过来？为什么他们那么有钱，而我们啥都没有？"我说咱是农民，人家是大学搞研究的，不能比。九财叔却说："咱受的苦比他们多，都是一样的人，不该这样啊。"我直笑九财叔愚笨，认死理。我知道他不懂，他没想过来。我说，人家的钱与我没有关系，我只想回家，水香要生了。九财叔说，抢，我们抢他个精光。你不会不要钱吧？我说我要钱。我咋不要钱？

他说那就抢。我说抢不来的，他们人多。他忽然说他想了个好法子，看那边有没有老鼠药，把他们毒了再抢。我说这是犯法的，抓到了咋办？他说你胆子咋这么小，麻雀胆也比你大呀。这里人不知鬼不觉的，这次不干以后就没机会干了。你到哪儿能碰到这么有钱的？他还说那个值几十万的家伙，有好几个，不得了。其实那个家伙，王博士说的值几十万的那仪器，就值两三万块钱，是王博士吓唬我们的，唬我们这些乡下人的，如今进了监狱，我才知道。当时因为恨吧，在路上没事，就胡乱商量着怎么抢。我说还是不要抢的好，偷，偷了就走。九财叔说："你能飞走？他们一赶来，咱们就被抓住了。"他说我想好了，就这么做。我说没有老鼠药呢？他就不吭声了。过了一会儿，他回过头举起开山斧对我说："一不做二不休，杀，杀了抢。要得你安逸，就不得他安逸。"九财叔想横了，想窄了。我只是觉得他是开玩笑的，心里恨，才这么说，图个嘴巴快活。

不过那些钱确实让我有些兴奋，九财叔认真的撩拨让我在这荒岭寒雨中有些走神。二十块钱的不满已经演变成了抢劫更多钱财的企图，不，是决心。我感觉到我将要与这个九财叔大弄一笔了，可这是冒险，如果真能做得万无一失也未尝不可以干干。听打工回来的说，外面这年头都是撑死胆大的饿死胆小的。抢的，偷的，骗的，拐的，杀人的，海了，有几个抓住啦？又一想，九财叔，哼，你胆大，你这个熊样子，你也什么都敢？我不信。在他动手的那一刻，我都没法相信他是那种敢出手杀人的人。

九财叔与我走在寒雨淋淋的山岭上，挑着湿漉漉的空箩筐。他胡子拉碴的，鼻子里喷出的团团热气变成水珠子，挂在他花白的胡楂上，那只不能合上的阴冷的眼睛向远处看着，好像多有不甘似的，有一种念头燃烧在他眼睛深处。我好像重新认识了一个人，这个人不是那个死了老婆、家庭负担蛮重、蔫不啦唧、又脏又烂的九财叔，不是的，是另一个。大前年，九财叔老婆腹痛，一阵抽搐，还没等到抬去医院，就半道上死了。死了女人的家里还有什么好呢，三个妮子整天在那儿哭着，他八十多岁的老母亲还得给他们烧饭和喂猪。三个妮子是被他打着去山上放羊的，后来又打着她们去山里采药，去山里割猪草，去地里刨洋芋种苞谷。就这样，三个妮子越长越像人了，老婆坟上的草也越长越高了。九财叔就不爱理人了，瞪着眼看山，坐在地头打盹儿。后来他家里就放进了牛，牛就在房屋中拉屎，屋里就飘出了畜便的气味，被子越来越薄成了渔网，一直到两块钱的特产税也交不起了，让村主任大骂他的祖宗十八代。三个小妮子又没读书，又无娘调教，村里的人都在想，这三个妮子咋办呢，送一两个去学校也好哇。村里人就说，如果这三个妮子长大了，九财叔的好日子就会来了。可惜的是，日子很慢，三个妮子还远没有到谈婚论嫁的年龄。因此，遭孽的还是九财叔，一个人扶犁，一个人还得背篓，一个人赶集担柴，一个人还得照秋收秋。脸也黄了，皮也松了，他多大的年纪呀，跟他同庚的八大脚我爹，见了都不敢喊他九财弟，恨不得喊叔。八大脚我爹对我说："九财，三个酒坛子是泥巴捏的，难出头啊。"

我们披着雨布坐在冰冷的石头上，九财叔说："腰酸。"他揉着两边的腰，我怀疑他是肾有问题了，他脸上浮肿，眼珠发黄。我扶着他找了个背风的石坎，想拾点柴生火，这个念头被吸一锅烟取代了。九财叔费劲地点燃烟锅，递过来要我吸。我就接过吸了几口，那种冲人的辣味差一点把我呛翻了。我咳嗽了一会儿，又犯起了迷糊，竟坐着睡着了。再醒来，天已经大亮，我浑身似乎都没了热气，脚已冰凉得失去了知觉，雾，雨，风，冷冷地包裹着我们。好在不一会儿我们闻见了柴烟，就知道有了人家。

我们见到的第一个人是个女人。这女人在家煮猪食，头脑不太清醒的样子，她回答我们这儿没有粮食和腊肉卖，她甚至说不出她是在四川还是在湖北。我们只好再继续走，可是，没走多远，就听见前面的九财叔一声尖叫，接着响起了枪声，九财叔中了安放在大蕨丛中的垫枪。

那垫枪先从箩筐穿过，再擦过他的小腿肚。只见九财叔一个前扑，箩筐就丢了，倒在地上喊："我中枪了！我中枪了！"

血从九财叔的裤腿里流了出来，他抱着腿左顾右盼，我一时也愣在那里不知如何是好。我听见他呻吟，就去找枪。九财叔大喊道："别动枪，别动那枪！"

他自己的手里抓了一绺破茎松萝，水淋淋的，他攥着水，慢慢捋起裤子，把松萝往流血的地方按。肯定很疼，按得他歪了嘴，眼珠子凸得更厉害，眼里全是浑浊不清的念头和绝望。雨还在下，雨挂在他凄凉焦黄的脸上。我扶他拖着腿坐到箩筐上，坐在一棵大树的背后，他才说："把那该死的垫枪给我取出来。"

我慢慢走进大蕨丛中，找到了绳子。我解开绳子，再找枪，是一杆只有铁管和木头枪托的很简单的土铳。这就是垫枪，它绑在一根树桩上，专杀游走的野牲口。我把枪递到九财叔手上，九财叔没细看那枪，他的心里好像还平静，他从头上解开宽宽的帕子，去缠伤口，他小心翼翼地缠着伤口，血还是往外渗。我问他究竟怎么样，他摇摇头。

就在这时，我们的面前出现了一个男人。这个男人问我们是干什么的，口音是四川的。九财叔见了他眼睛就绿了，知道是他的垫枪，九财叔看样子要爆发了，要跟他拼命了。可他的腿又负了伤，还加上没睡没吃，显然他在克制。他对那个男人说："这里是四川吗？你的枪打着我了。"那人说："你们是干什么的？"我给他说，我们是探矿队的，是从马嘶岭过来的，是来买粮食的。那人"哦"了一声，想走。九财叔喊住他："你卖点粮食给我们，我们用钱买。"他这么克制，是想用他的枪伤来换取那人卖给我们东西。那人想了片刻，就点头让我们跟他走。那人在前面走，走了一截，在前面转过头等我们，并不想帮我们一把手。

到了他的家里，也就是遇见那个女人的家里，这男人就很热情了，他解开九财叔缠伤的帕子，用熊油给九财叔抹了伤口，又用干净的布给九财叔包扎，并吩咐他老婆给我们一人炒了一大碗香喷喷的洋芋。我们已经看见了他堂屋里堆着的一大堆洋芋，个儿很小，估计是剁了给猪吃的，但卖给我们就能解决问题。

我们吃了洋芋，烤干了衣裳，就被安排到他的牛栏屋的楼上，那上面堆着柔软干爽的苞谷衣壳子，还盖着他给我们的一床被子，美美地睡了一觉。就在我们睡觉的当儿，那个人给我们准备了一担洋芋，只准备了一担，因为九财叔有伤，他的箩筐就空着了，担子里还有他们种的一些水菜，如茄子和芫荽。芫荽不多，只有一把。我们醒来后见到那担洋芋，九财叔又问他有肉吗？他说真要的话他可以杀一头羊给我们。我们说要，他就把一头山羊牵来了，一刀下去，羊就倒了，就剥皮，掏肚，把肚里的下水煮了一锅，让我跟九财叔吃了。九财叔看着那满满一担问他多少钱，要他说个价，他说，你们看着给吧。九财叔想了想，说八十块钱。那人说随便吧，就给了他八十块钱。九财叔又问有没有"三步倒"，那人说，你们要"三步倒"干什么？九财叔说山上老鼠太多。那人找了半天，出来说没有了，用完了。那人又给九财叔砍了根拐杖，问他碍不碍事？九财叔拄着拐杖走了几步，还行。交易完我一直想提醒九财叔，让那人打个收条，但九财叔似乎不给我机会，我以为他会记着这事的，因为祝队长交代过，但这事让九财叔忘了个一干二净。

回程的路上，我就问这事，九财叔不置可否，含糊其辞。问急了，九财叔就说，到时我们做个证就行了。他对我说："我们讲一百二十块。"我说："你二十我二十。"他就先把二十块钱给了我，要我拿上。他不打条子是想黑踏勘队的钱，我说这干不得吧。他说天知地知你知我知，老子把那二十块钱终于搞回来了。九财叔的表情已经是一种很舒畅的表情，甚至把腿伤都忘了，虽然拄着拐杖，但走得比我还雄壮。他说他们难不倒我，你做初一我做十五，老子也不是好惹的。他在雨水和泥泞中瘸着腿兴奋地絮絮叨叨，带着凯旋的气势。二十块钱终于愈合了他心中那撕裂的巨壑般的伤口。九财叔骂那个人道："他妈的，我还没找他付医药费呢。"他说，"他为什么要杀羊给我们，还不是理亏了，送给我补枪伤的。"他要我估这一担的价，我摇摇头，估不好，他说怎么估至少也得一百五。

我们在半路上意外地碰到了老麻和小谭，他们等不及了，说大伙都饿着。老麻说话很不利索，原来他一边接我们一边沿途采野蘑菇，为试蘑菇有没有毒，把舌头试麻了，毒蘑菇是麻舌头的。

回到营地，听说九财叔绊上了垫枪，都来看他。洋芋果小杜还来给他治了伤，擦了药，用白纱布包扎了。但是九财叔的伤红肿了，他们说是感染了。九财叔吃了他们的药，晚上大家吃羊肉，吃洋芋，非常高兴。虽然没能吃上大米，但那些瘦小的洋芋果也是九财叔差一点用命换来的。看来他们对我们的印象就要好起来了，九财叔这条腿的血流得值。

但是事情总是莫名其妙地凑巧碰在一起，就在这天的晚上，发生了一桩意想不到的怪事。我们回来后就雨如瓢泼，还响起了罕见的冬雷。我们正脱衣睡觉时，就听见王博士喊我们："你们都过来！"我和老麻披衣过去，不知道发生了什么事，他们的帐篷里没有光，熄灭了灯。有人打电筒，也被喝令关了，他们手上都攥着东西，有刀，有枪。等大家都安静下来，祝队长在黑暗中说："刚才听见了枪声。你们没听见吗？"

他问我们。我们就竖起耳朵来听。果然，有隐隐约约的枪声。后来枪声越来越大，好像在周围的山头，还能听见人的喊叫声，好像有一伙人！

"都听见了！我们怎么办？"姓王的博士说，声音有点颤。

接着又响起了一阵轰隆隆的冬雷声，还有风雨声，呜呜的，一阵一阵地扑向悬崖。加上河谷里澎湃愤怒、捶胸顿足的水声，还有那本已存在的马嘶声，尖声的、固执的马嘶，现在全来了，在我们吃掉了一只羊后全来了。

"你们真是买来的吗？"祝队长这时突然说出了这么一句。我忙说："是买来的。""带上重要的东西，赶快撤退！"祝队长端着枪说。

枪声东一阵，西一阵，是不是有人包围了我们？我们在密集的枪声里赶快带上东西，特别是仪器，他们包上重要的资料，往后山一条隐蔽的路而去，那儿通向一块高岩。上去有个一线天，易守难攻，一夫当关，万夫莫开。九财叔因枪伤和发烧，就留在了棚子里。我心里挺纳闷的，我们花钱买了东西，人家来找我们什么事啊，未必是打劫的。那时候我没时间想了，我给他们挑着东西，往上爬着。人没休息，又出怪事。来打劫就打劫吧，反正我们没啥。就在我们往上走时，枪声模糊起来。小谭说："这只怕是个误会。"我听见小杜说："这可能是个自然现象。"也许是杨工也许是龙工在黑暗中说："马嘶岭没马，为何能听见马叫？我看都是风声作怪。"王博士说："马嘶岭之所以叫马嘶岭，据当地的地方志说，是因为过去这山上有许多野马。"争论不休时，祝队长一声吼，说："都不许说话！"

我们选定了一线天的一个凹处，那儿背风，避雨。坐下来后，他们又忍不住继续说话了。有说是风声，有说是自然现象，说是一种什么磁铁矿现象，因为这一带过去打过不少仗，土匪火并，官府剿杀，恰好打仗时遇打雷下雨，把那些枪声喊声全录进去了，以后一打雷下雨，这声音就出现了。他们争论我们无权插嘴。不过我心中支持这种说法，这等于是替我跟九财叔解脱，不然就会让祝队长怀疑我们，以为我们是偷了别人的东西，让人追赶来了。不相信我们的还有王博士，他对那种说法反唇相讥道："老官中了枪也是磁铁矿现象？"

哦，我明白了，枪声加上九财叔腿上的枪伤，这一穿起来，我们就完蛋了！难怪难怪！我们成了嫌疑人，这一趟是黄泥巴掉到裤裆里——不是屎也是屎了。我好一阵绝望，这些人咋就不信我们？这些人还是有文化的人哪，咋就跟乡清算队的横子们一样蛮不讲理呢？事情就问到为什么没让对方写个收条。这事我们有愧，这事都是九财叔的鬼点子。我就只好说我不知道，是九财叔办的。这事我不能多讲，免得两人讲的对不上。我只是说羊肯定是买的，我们要人家杀的，全部是一百二十块钱。

"我们可没有偷羊啊!"我喊道。

"或者，你们是不是跟山里的人说了这儿的事？说我们有钱，有物?"他们问，"你们暴露了我们。"

我对他们说："我们去四川什么也没说，我们只说我们是探矿队的，在马嘶岭探矿。"

"问题是，你们没有打收条。"他们说。再问收我们钱卖羊卖洋芋的那一家姓什么，我也回答不出，我们真没有问人家姓什么。在我们山里，吃过人家的饭不问人家姓名很正常。你走累了，一声大哥，一声大姐，就可以找人家借宿，吃饭，然后只记得"松树坡""柏子岩""赵家坪"这些地名，并不知这家姓甚名谁。

越问我越说不清，他们就越不信任我们。是偷的，抢的，哄骗来的，要追杀我们，老官已经负伤了，他是逃脱的，人家又追过来了……这些狐疑正在我们那里悄悄蔓延，我已经嗅到了那种气味。

我在恐惧中坐着，我希望出现一些有利于我们的结果。

下半夜还没有动静，他们要我去"侦察侦察"，我就下去了。我急急去棚子，九财叔躺在那里，发着高烧，眼睛瞪得贼圆贼圆，嘴里吐着火红的热气，脸颊像泼了一桶猪血。我给他额上溻了个冷毛巾，他醒过来恍恍惚惚地看着我，说："红薯都收不回来了……"

"你说家里的红薯吗?"我问。

"地里的……"

他记挂着他地里的红薯，肯定想着这么大的雨他三个妮子怎么去挖红薯。他问我怎么人都不在了，我说你不知道？我问他听见枪声和喊声没有，他摇摇头。他烧昏了，他肯定没听见，他可能梦见了家里还未挖的红薯地。我弄醒了他，我说坏事了，你中了枪，周围又响起了枪声，没打收条的事他们又问得紧，是不是他们知道了那四十块钱的事？我心里很害怕，就把二十块钱掏了出来，塞到九财叔手里。九财叔不接，说："到哪儿知道去？你这成不了大事的，你就死咬着一百二！"

天亮了，雨住了，几只猕猴在树上发出了呼唤太阳的安静喉叫。东边，有一晃而过的朝霞，只有浅浅一线，但很爽眼。视野渐渐地开阔起来，我等着踏勘队的回来。没有事的，他们没有事，我们也没有事，没有什么来打劫他们的人，全是雨天的怪现象，这马嘶岭就是这样奇怪，不过是虚惊一场。他们没有发现那四十块钱的事，发现不了的，一切随着白天和天晴的到来都会过去。他们会把这一切忘了。我这么祈祷着，祝队长他们果然回来了。

整整一天都平安无事，阳光亮得人晕晕醉醉的，风也温暖柔和起来。睡了一天，那些人神清气爽了，呼朋唤友，要打牌了，要唱歌了。哪来的侵扰我们生活的四川劫匪和捉拿我跟九财叔的农民哪，没有！我真高兴。

平安无事了。他们吃着我们的洋芋，也无话了。

他们继续在周围圈定矿体边界线。

那天傍晚我们回到营地时，却没见炊烟袅袅，厨房冷火无声。这就奇怪了。大家紧张地走进营地，去厨房一看，翻了天，老麻和九财叔双双躺在各自的铺上，两人头破血流，老麻最可怕，嘴张着，却掉了几颗牙齿。

他们两个打架了。九财叔先动的手，他为什么要动手，他肯定有他的道理。是在替老麻择菜时，老麻伤了九财叔的自尊。老麻像个领导喊九财叔过去择菜，他是想埋汰九财叔几句，因为那些茄子是些收尾的茄子，又有筋又有虫眼。老麻说："老官哪，你碰见了鬼市吧？"九财叔眼就直了。老麻又说："这像是鬼市上买回来的菜。"他显然不满意这些菜。九财叔就没好气地回了一句："我买的羊肉呢，你切的时候是不是变成了人肉？"老麻一听就打了个寒噤。这营地没人，就他们两个，老麻可能因为害怕而觉得要在气势上压倒对方，便说："老官你有什么资格凶啊，我说你碰见鬼市又不是我说出来的……""那是谁说的？"九财叔当时就浑身乱颤得不能自持，他又问，"你说是谁说的？"他要问个所以然。他忽然就站起来揪住了老麻的衣领，指着老麻的鼻子说："我跟你说，你不要仗势欺人，你跟老子一样，出苦力的，你能得到个什么？这些东西是我拿命换来的，用命换的，你知道吗！"他可能越想越气，一拐杖扫过去，老麻就倒了。老麻垂死挣扎，抓到锅铲就铲九财叔的头，九财叔脑袋一偏躲过了，一拐杖再横扫过去，打到了老麻的嘴。老麻哇地号了起来，他喊："让省里的领导来判你的刑！"

他把踏勘队的说成是省里的领导。最后"省里的领导"祝队长他们决定扣老麻三天工资，让九财叔挑上箩筐回家。

这是打架后的第二天早上。九财叔听了那个决定，眼珠子就要掉出来了，他的嘴唇嗫嚅着，想说话，说不出，后来终于哭号起来："为什么要我走？为什么要我走?!"

所有人都蒙了，看他哭。祝队长说，因为你打掉了人家的门牙，这儿不准打架，不是放牛场。因为是你先动的手，为了维护踏勘的正常秩序，经研究，只好让你下山了。可九财叔不走，只是哭，哭得鼻涕都流了下来，埋着头，用一双锉子般的手揩着涕泪。他不接工钱，不签字，坐在那儿，好不伤心。

这事就僵了，也没人再说什么。可老麻急，老麻肿着牙床和腮帮，眼巴巴地要等着九财叔走。他没有等到那个激动人心的时刻，他看见九财叔还在这里，赖着不走。他不服哇，不解气呀，就用猛烈的剁刀声表示着他的态度。等人散了，九财叔偶然抬起头来，看一眼厨房，眼里全是刀子！

"叔，你怎么办?"我问他。

他没回答我。嘴巴在动着。后来我听清了，他在说："我给妮子筹几个学费……"

我听见了"学费"这两个字，我听得很清楚。他难道还想让三个妮子去读书？我后来突然想他真的会的，他多少天来都是这么想的。就冲着那一个红发卡，冲着那些手机和钱，冲着小他一辈的人对他的吼叫，他迟早会下决心把孩子们送到学校去的。

"你是说，让她们去上学?"我问。

他点点头。

看来他们真的想要他走了；我也不想待了，我更加思念我身怀六甲的水香，我拼命地想她。我就对九财叔说："算了吧，要走我们一起走。"可九财叔摇着头。这样僵持着怎么办呢，九财叔竟挑起箩筐跟踏勘队一起外出了！并没有要他去，再说他的腿还没有痊愈，走路还有点瘸。小谭就出来说老官你不能做，你的腿挑不起。这样行不行，除了不少你的工钱，还补助一百块钱，你走吧。这不少了，我想九财叔会同意的，可九财叔不表态，以沉默作答，这更坚定了他们要赶九财叔走的决心。我当时不知道，踏勘队一致认为九财叔是个危险人物，在这样的荒山野岭，必须要提高警惕。种种印象加迹象表明，九财叔对踏勘队有威胁，并非是个善良之辈，这一次斗殴就是一个证明。

多难受哇，九财叔和大家。大家干着活，九财叔挑着空筐跟着他们。我把我挑的东西分给他挑，他感激地看着我。这一天非常难熬，非常漫长。

而老麻在营地整整一天都在盼着九财叔灰溜溜地回来，乖乖地卷起他的破铺盖滚蛋。老麻甚至用老虎钳子将九财叔的碗夹掉了一只角，并在那个缺碗里撒了一泡尿。老麻看着黄灿灿的尿，咧着嘴笑。到了夕阳西下时，九财叔也没一个人孤零零地出现在老麻面前，而是跟大家一起回的。老麻于是将那些烂了的、长了芽的小洋芋果都煮进了锅里。结果可想而知，那天晚上大家吃了这些毒洋芋后，一个个都拉起了肚子。

在拉肚子中大家把九财叔忘了，我和九财叔什么都没拉，肚子好好的，我们扛得住。老麻对他导演的这出戏很高兴。"看你们都吃了些什么！"他说，"我也没办法，就这些洋芋了。"老麻把责任推给了九财叔和我，煽动踏勘队对我们的仇恨。九财叔在晚饭吃洋芋的时候吃出了一股尿臊味，可是他没有说什么。即便是大家不停地拉肚子，也没把怨气撒到我们头上，至少没有公开撒到我们头上。老麻就开始索赔了。那天晚上，老麻高声在营地说："一百一颗！"

他要九财叔赔他的牙齿。若是一对一，老麻是不敢在九财叔面前这么嚣张的，九财叔那只右眼里透出的寒气，让人见了会不由自主打三个激灵，但老麻仗着祝队长他们对他的暗地支持，有恃无恐。算算，我们来马嘶岭有二十一天了，也就二百一十块钱，九财叔扣掉二十，只有一百九十块钱，要按这个价赔老麻的两颗牙齿，九财叔还得倒贴十块钱。当九财叔听到他还得拿出十块钱来，他的脸一下子就垮了，他是多么无望。他张着嘴看着祝队长和在灯光尽头龇牙暗笑的老麻，除了乞求之外，看不出他要大肆行凶的念头。他的嘴巴两边稀黄的胡子皱折成了一个大大的括号，宽大单薄的下巴就托着那个"括号"，十分无奈。那只鼓起的眼睛现在只是一个浑浊的晶体，充满了惶然，另一只有些塌陷的眼睛眯缝着，满是意想不到的驯良。

九财叔走出来，他一定是很难办，他算了算，他走，工钱加上踏勘队补助一百，还有个两三百块，不走，赔了老麻的，能剩多少？但现在老麻又不让他走，要索赔——他走又不能走，留又不能留。

晚上的风很大，依然是北风，河谷的冬汛好像在做最后的挣扎，在宽阔无边的河床上扑腾着，整个山岭到处是它们的腥味。九财叔在吃着什么，我闻到了一股刺五加果的味道。九财叔摘了不少的刺五加，那种豌豆样大的黑果子。这两天因为他无法安眠，就吃这个。

"把他们杀了！"

这天晚上，九财叔做出了最后的决定。他狠狠地嚼着刺五加，开始看他的斧头。

"你，咋说？"他问我。

"我，我……"

"事情成了，我们就安逸了。"他说。

"你跟我搞。"他鼓着劲说，"搞了，我们就过安逸日子了。"

"叔，你声音小点行吗。"我说。

"不要怕的，跟我搞。"

我也觉得九财叔进退两难的时候他是会什么也不顾的。他的这个决心让那些钱和财物如此逼近我们，好像就在手边，唾手可得。我在被子里，闭着眼睛，那些钱哪仪器呀就在我的头顶飘荡，还有红牛仔裤和发卡和小小的薄薄的录音机，还有好多手机。它们飘哇飘哇，它们穿行在蓝色的天空里，像一些鸟飞着，穿梭着……我看见水香穿着红牛仔裤，别着红发卡，站在马嘶岭河谷的对面向我喊着："回来呀治安，治安快回来！"

我的梦被惊醒了！我听见了真实的男人的喊声："有东西！有东西！"

睁眼一看，营地亮如白昼，瞬间，又倏地进入了黑暗。怪光又出现了！这光总是在晴朗的晚上出现！有人敲起了脸盆搪瓷碗，并且放起了枪。马嘶岭是一片恐慌中的混乱。

"注意隐蔽，不要面对它！"有人喊。

光没有了。

"这东西把我们折磨得太苦了！"祝队长啐着，"怪事！"

大家在门口一字排开，要死守我们的营地。老麻抱出了柴火，说："点火吗？"

"点！"火就点起来了。因为没了汽油，已经有几天都没发电了。火点了起来，半干半湿的柴烧得啪啪乱响。

"是不是有什么东西把远处县城或镇上的灯光反射过来啦？"有人说。

"别想那么多，把火加大些，烧！去砍树，砍棒子给我们！"祝队长敞着羽绒衣，哑着喉咙在那儿指挥。我就跟九财叔去坡上的灌木丛砍树了。大家打着电筒，有的举起箭竹做的火把。找准了树，一顿砍伐，一根根胳膊粗的树棒就到了大家手里，树枝就被他们抱去投进了火里。

在砍树时九财叔很兴奋，我听他说："来了，来了好！都来都来！"我们砍了一会儿，回到棚子里，祝队长他们的帐篷里全是削砍木棒的声音，是在把木棒砍光滑。老麻一个人也在厨房里砍，还发出"嘿嘿"的虚张声势的声音。九财叔一头的汗，对我说："机会来了，一定要搞！"

"咋搞哇?"我说。

"一斧头一个，你管那么多！"他说。

我说："不能啊，叔，这是犯法的。"

"不管什么法，"他说，"跟我搞。"

"现在就动手吗，叔?"我真的好怕。

"迟早的事，要趁他们分散，下狠手，让他们连哼都不能哼。"他咬牙切齿地说。

我松了一口气。他说的是白天趁他们在野外分散工作时下手。

他躺下来又说："搞一次，用一辈子。"

九财叔哇，你害了我！我又想，跟着这种胆大的人，说不定真能一下子翻身呢。谁不想翻身啊，有这个机会，说不定是老天促成的。黄连垭的人没这个机会，我跟九财叔有这个机会，为什么不干呢?

"要是山下的人知道了来找他们呢?"我担心地问。

"我们早就走了，山下的人又不知道我们是哪里的。我估了估，马上要落大雪，大雪封山，进不来了，雪一埋，一直到来年的五月，野牲口都会把他们啃干净了。寻不到，还以为他们跌进河里淹死了……"

早晨，在水沟边洗脸时，眼睛充血的九财叔转过头来问我："今年七月你家的羊渴死了几只？"我说三只。他"噢"了一声。"我两头种羊全渴死了。"九财叔说。他摸着包头的帕子，帕子上有斑斑血迹，那是头被老麻打破了流出的血。

我正准备走，他突然叫我："你磨磨。"

他要我磨斧！昨晚所说的一切又在我头脑里响了起来。他还是要杀呀？我看看他，就蹲下身在水边磨起斧来。我在问我，我要杀人吗？今天的天气没有什么不同，气氛也没有什么两样。开山斧本来就很快，我无力地磨着，瞅瞅旁边的九财叔，他无事一样，好像很平静，没有什么恶念。

一切都跟往常一样，我庆幸。这天继续圈定矿界。

早晨的雾气很大，我们出去四面都没有路，到处烟雾腾腾，像着了山火一般，我们摸索着走路。九财叔跟上来了，他箩筐里的东西不知是谁装的。"带上了吗？"他小声地问我，是指我的开山斧。开山斧本来就在身上，每天都插在腰间的。我感到他这天真要动手。我借故扯鞋跟，落在了后头。我忐忑地走着，雾越来越浓，有人在路上说着话，我什么也没听见。

到了工作地，雾还是很浓。我到处找九财叔，我希望见不到他，可还是看到了他。他袖着手，干坐着，抽着烟，烟锅在雾中忽闪忽闪。我们的浑身都被雾打湿了，雾里有很稠密的鸟叫。这天只要雾散，肯定是个焦晴焦晴的天气。我在想着我怎么办，我浑身不自在，心上巨石滚动的声音又响起了，轰隆隆，轰隆隆……好不容易熬到快中午的时候，突然有人喊我，要我到祝队长那儿去一下。当时我就快昏厥过去了，我在想完了，他们发现我们的计划了！我冒着冷汗，不由自主地摸着腰上的斧子，好在还有雾，喊我的龙工没有看到。到了祝队长那儿，祝队长若无其事地说："明天，你们挑石头下去，水退了。"我没说话。祝队长又说："老麻也去，他说他要补牙齿，他去补完牙齿，再挑东西回来。"我放心了，就说："行啊。"我又问，"那……我表叔也下去吗？"祝队长说："下去，怎么不下去，你们三人一起下去。"当时他们做了决定，把九财叔交给山下后勤分队的处理，这比较安全些，他们带了信下去。可我不知道，我当时只是说："他们在路上打起来了咋办？"祝队长说："你们前后走嘛，不要一起走。"我说："三个人怎么走还是一条路，老麻也不情愿的。"祝队长就说："你劝劝他们嘛。"我说："劝不住的。"

　　九财叔正抻着颈子在坡上等着我，见我来了，他哼了一声，说："没用的，留与不留都没用了。"我给他说："他们要我们明日下山。"他却说："没用了。"我说老麻也要跟我们一起下山。他说你别给我说这个，没用了。我就骗他说，他们要你挑。他从鼻子里哼了一声，削断了一根树枝，他用手试试开山斧的刃口，说："没用了。"他站起来，把斧头砍进一棵树，一棵糙皮松里，我看到新出的太阳正好照在了那把斧头上。

　　雾渐渐开了。九财叔的手指头有血珠子滚了出来。他放进嘴里去吮吸，我就开始吃早上带出来的煮洋芋，吃得冷冰冰的。九财叔也吃，木木地嚼着，从嘴角往外掉着洋芋渣。

　　雾全开了，这每天金贵的好时间他们就抓紧忙活起来。我正在搬仪器，就听见有人在树林里大声说："你干吗老跟着我？"是树林中的一个坎子下，而当时并没有人，我没看到人。但寻声看去，坎子上却出现了九财叔。说话的好像是王博上，我没见到他的人。我正在找是不是王博士，总算看见了那个田螺头，黑油油的头发在白晃晃的巴茅里，像一只头朝下的鸭子的尾巴浮在水中。就在这时，只见一道寒光一闪，那黑油油的头发就不见了！我听见了什么东西倒地的声音，有点像鹞鹰拍击着翅膀的声响，估计是压下了一些树枝和草丛。

九财叔动手了！

九财叔已经冲到了我面前，握着开山斧，脸色惨白地说："搞！"

我的第一个反应是：王博士已经不在了！九财叔拽住了我，他是在"告诉"我发生的事，指令我赶快行动。他拽着我向另一个地方跑，说："快！"

我的大脑无法反应过来，就已经被他拖下水了。事情来得太突然，已经出了人命，一条人命跟十条人命是一回事，必须赶快灭口。这容不得我多想，也容不下九财叔多想。就听见有人喊："小王，小王！"话音未落，斧头就落到了祝队长头上。只见祝队长头上有白花花的东西飞溅出来，眼镜弹到一棵树干上，手晃晃，就倒地上了。不知为什么，九财叔并没有再给他一斧头，而是挥舞起斧子在树丛中左右开弓乱砍一气，见什么砍什么。

"九财叔！"我喊。

九财叔转过头来，注视着我，他醒了神，丢下斧头就蹲下地去，拉祝队长腰上的那个腰包。没有了声息的祝队长这时候突然在草丛中动弹起来，一只手捂着头，一只手捂着包，不让拉。我看到祝队长睁开了血淋淋的眼睛，九财叔在地上摸起开山斧，祝队长用颤抖急迫的声音对九财叔说："你、你放了我，我给你

一、一辆小汽车。"

九财叔大声问："在哪儿?"

祝队长气短,半天才说出:"在……县城。"

因为祝队长捂包的手死死不松开,九财叔就与他争夺着,回头对我吼道："快来呀!"

我的开山斧已抽出来了,可我迟迟下不了手,我看看祝队长说:"叔,他给你乌龟车呀!"

我的话让祝队长听到了,他睁开一双血淋淋的眼睛向我求救:"你、你、你……"

"还不快动手!"

九财叔的一声断喝,让我手起斧落,我闭上眼睛就是一下,我听到祝队长在我的斧下一声惨嚎,就像年猪在刀下的惨嚎一样!我再一睁眼,祝队长的口里就冲出一块黑红色的血块来,并从嘴里发出"噗"的一声,脸突然变成紫茄色,头坚定地歪向了一边。

九财叔拉开了那个腰包,果然掉出来手机,他又抓钱,完全是钱,全都是一模一样的大钱。他要我解祝队长腰包的带子,我去解,解不开,他就用斧头一刀割了,割开了,他把钱再塞进那个腰包。此刻祝队长已经三魂绺绺,七魄缥缥。九财叔抓上那个黑色的腰包,还抽出了祝队长绑腿里的那把美国猎刀,要我提上遗弃在草丛中的那个像夜壶一样的数字水准仪。我们又去搜王博士的口袋,搜出了手机,还有钱包。没有多少钱,有一张他经常看的照片,他与他老婆的照片,戴方形帽子的照片。

"咋办,叔?"我浑身哆哆嗦嗦地问。

九财叔把箩筐倒空,然后装那些搜来的东西,我也学着他把资料和石头倒出来，只装仪器。我们挑着担子往营地跑去时，就撞上了那四个人。离营地不远，在一个冈坡上，估计全在那儿。杨工和龙工这两个烟鬼都抽着烟在小声嘀咕并记录什么，都蹲着的。九财叔向我一招手，丢下箩筐就蹿过去了，照那两个人一人一斧，像敲岩羊的头。两个人手上的东西一撒手，就仰面倒地了，烟在草丛里还冒着烟。

这时可能让小谭听到了什么，他突然站起来，像一只受惊的兔子，抻起脖子朝我们这边看。他看到了什么？他看到了两个杀红了眼的人，两个农民，手上提着山里人特有的开山斧，他还看见了两个倒地的人。他拔腿就跑！洋芋果小杜还弓着背对着仪器看什么，她背对着我们，她耳朵里塞着耳机，她什么也没听到。小谭撒开脚丫子跑时也没喊什么，他跑错了方向，一堵石崖拦住了他的路。他想爬崖，却又转过身来往另一个方向跑，九财叔已经离他不远了，他就一头迎了上来，从绑腿里抽出一把跳刀："我跟你们拼了！"我听见他这么从喉咙里大吼道，声音是一种哭声，一种类似于哭泣的愤怒的声音，从牙齿缝里射出来的声音。我一转头忽然看到了一双好柔亮的眼睛，是小杜的眼睛！带着诧异的眼睛！她一定看到了撂在坡上的倒在那儿的杨工和龙工。她一定惊诧，那些低矮的巴山冷杉的枝条把她看到的一切都割得零零碎碎。

"你死了！"

九财叔向我喊，高声骂我。他的声音也变了形。我转过身去看时，他已经与小谭扭打在一起了，我看见血花飞翔，就像有无数只红色的蜻蜓从风中溅了起来，一定有人中了刀！

九财叔完了，我就完了！我拼命向他们跑去，树枝一路抽打着我的脸，好像全是在与我作对，整座山，全在反抗！我被抽打着，脸上火辣辣的，眼睛都花了，我不顾一切地冲了过去。我看见了一只龇牙咧嘴的猴子，薄薄的刀条脸上全是汹涌的血水，现在已经扭曲得像颗秋扁豆了。

"你们这些土匪！"

他来夺我的斧，我不能让他夺我的斧，我的斧举得很高，只是没有砸下去。可九财叔不知出于什么原因，一把将小谭推到我怀里。他手上的跳刀就刺进了我胸口，我一阵尖锐的疼痛，本能地一让。听见了一声尖细的叫喊，是发生在那边的，九财叔的斧敲中了小杜。我看见小杜摇晃着抓住了一棵树，头发散开了，一眨眼，那头又埋在了九财叔的手上，好像是在咬他。

我这儿的事依然在发生，面前的小谭再一次用头向我撞来，我一个趔趄，后退一步，站稳了。他全身都在淌血，像一匹发了疯的野牲口。我看看胸前，棉衣破了个小口，没血出来。我听见九财叔在狂骂我，他用手挡着小杜，向我挥着开山斧，好像在示意要我用家伙。我又闭上眼睛，朝小谭的头上砍去。斧背砸瘪脑壳的声音真的很难听，短促，沉闷，哑声哑气，就像砸一个未成熟的葫芦。我干完了一件事，我握着开山斧站在山坡上，我看到小谭扑倒在地上，抱着一块大石头，好像要亲吻。这个山里娃子就这么完了。接着又响起了小杜的几声连续的尖叫，油嫩嫩的声音，后来就没有了，我知道小杜也完了。我最后看见九财叔直起了他的腰杆，在扬眉吐气，手上拿着一个红彤彤的东西，是一只发卡！

我抹了一把脸上憋出的汗，心尖又疼。我瘫坐在地上，看到旁边的小谭正怒目直视着我。他没有闭眼。我想把他的眼珠子挡住，我没有力量了，我只好自己闭上眼，泪水突然从紧闭的眼里往外咕噜噜冒出来。我怀疑冒出的是血，是从心里流出的血，又从眼里流出了。我不想证实。那一摊摊的血在我的眼前恣肆飞旋，我一阵恶心，胃里似有千百条蠕虫搅动，胃液顿时冲天而出。

我吐得一塌糊涂。我无力地抬起头，看到九财叔正在拉小杜红裤子前的拉链。

"别这样，叔！"

我冲过去就拽住了九财叔的手："叔，别这样！"我死死地拽着，我一掌就把九财叔推出了老远。九财叔在地上爬着，支棱起脑壳不解地望了我一眼，他手上拿着许多东西，估计洗劫得差不多了。他恶毒地骂了我一句，就说："快！快！"他挑上了箩筐就跑。

我跟在他后头，我看到了前面不远的树丛间出现了一群红腹锦鸡，这些林中的舞女，发出一阵振聋发聩的聒叫："茶哥！茶哥！茶哥！"这时，天已经大晴，西坠的夕阳突然间挂在万山空阔的天边，苍山滚滚，晚霞滔滔，好像在洗浴那一轮夕阳！我回过头，马嘶岭上，那几个或蜷或卧的人，都在夕晖里透明无比，像一块块形状各异的红水晶，静静地搁在那儿，神奇瑰丽得让人不敢相信！

我被这壮观的景象惊呆了，我站在那儿，手拿着开山斧，脚下像生了根一样。我发现我另一只手在裤兜里紧紧攥着，好像捏着一个东西，拿出来一看，是一张玻璃糖纸。那时候我听见河谷的风吹过来一阵喧哗之声，好像一个窥视的人一样，那声音在山岭上曲曲折折地游动，又折回了河谷，在群山间回荡，就像一阵惊叫！我发现我的泪水像泉涌一样不可遏止，澎湃而下。

我在后头慢慢走到营地，九财叔正在往箩筐里装东西，他要我快装。老麻不在了，我四下寻找，在一个坡前看到了倒下的老麻。

"装啊！装啊！"九财叔喝令我。

"装，你要什么？装！"他说。他问我。他要给我分钱，还丢给我一把好跳刀。

我说："我不要钱，我不要刀，我只要那个录音机。那里面有我，有我唱的歌！"

他不听我的，硬是把一些乌七八糟的东西塞进我箩筐里。他教训我："你这个小杂种，你想跟老子过不去？"

我只好挑上他给我装的满满的一担。他还说："睡袋也是好的，他娘的，他们睡这么好的褥子。"

我们挑着东西，开始沿河谷溯水而上。我发现九财叔从离开马嘶岭起就已经神经错乱了，他在前头急急挑着，不停地说："装啊，装啊，装啊……"

九财叔时不时回过头来骂一句："蛋毯！蛋毯！"不知道骂谁。他目空一切了，那只杀人不眨眼的右眼环顾四周，真像一个独眼鬼。我陡然觉得那奇怪的白光就是从他的右眼里发出的！

我们在河谷转悠的第三天，天空乌云滚滚，九财叔突然甩下担子，纵身跳进河中。他飞快地划着水，在水中又拍又打，他真的疯了。好在他没被河水卷走，我喊着他，把他从河里拉上岸来，他浑身抖得不行；那天傍晚，我们又遇见了几头野猪，九财叔毫不惧怕，抽出开山斧就杀入野猪群，奇怪的是，那些凶猛的山中之王，那天被他砍得哇哇大叫，四散奔逃。九财叔砍跑了野猪，又在地上拔食野草。

确实没有吃的了，我只好跟着疯了的九财叔啃吃野草，吃蛐蛐菜、鹅儿肠、云雾草。我们在山里转悠了九天，衣衫褴褛，饥寒交迫。第九天的夜里，山里飘起了大雪，这一场大雪一下子就没了膝。九财叔不让我歇息，不让我们进山洞，那个大雪纷飞的晚上，我们不停地在森林里转圈，早晨到了梨树坪河边。白雪皑皑的黄连垭已经在望了！已经快走出森林了，快到家了。我给他说快到家了，我说："九财叔，那是黄连垭。"我指给他看。九财叔恍恍惚惚地看着远处的山冈，看看我，又看看自己挑着的担子，停了下来。我们坐下，他好像清醒了。他问我："我们是到哪儿去的？"我说是回家呀。他说我们从哪儿来的？我说是马嘶岭啊。他左看右看，说："我们杀了他们是吧？"我说是的。他说："这是他们的东西？"我说是的，我就拿出他给我的钱来说这是你分给我的。他问多少，我数数说三千多。

"三千多？"他说。

我说："还有这些东西。"我翻出藏在睡袋里的三个手机说："还有这个。"

他想起了什么，就去翻自己的箩筐，也翻出了手机和钱，还有那两个红发卡，还有一些仪器。他指着我的东西："都是我们两人对半平分的？"

我说："是呀，平分的。"

"我们杀了人，你也杀了人，我们都杀了人。你杀了几个？"

我忙说："我没杀人，我没有！"

他说："这些钱够你用了。水香生了吗？"

我说："我不知道。"我说，"他们不会沿我们的脚印找来吗?"

"你看看哪有脚印?"他说。

我去看来路,雪真的掩盖了我们走来的脚印。森林里一片恍白,阳光在云中模模糊糊,好像天要晴了。

"你发财了。你没杀人却发财了。"

"我们一起干的!"我说。

"你是个无用的家伙。"九财叔说,"我肚子饿了,你能弄点吃的来吗?"

到哪儿弄吃的去,前面梨树坪我记得是有个代销店的,在福利院门口。我说:"前面能买到吃的了,快到家了。"

他说:"我们商量这些仪器先藏哪儿?"

我说:"随便吧,叔,先找个山洞藏着吧。"

他直直地看我,好半天,笑了,说:"今年能过一个好年了。"

我说:"我心不安实。"

九财叔就站起来,重新挑上了担子。走了几步,他忽然指着河里,对我说:"看,水里是什么?"我放下担子就去河边,一阵狂风袭来,我的头上就落下了重东西——九财叔在背后冷不丁给了我一斧头,用的是斧背,就觉得脊椎一阵压榨,我的颅骨顿时瘪进去了,脚一失重,扑通一声,跌进冰冷的河里,就什么也不知道了。

我没想到九财叔会对我动手,他是想独吞那些财产——他清醒过后后悔了,那么多现钱,也不排除他彻底地想杀人灭口。我根本没防备。所有的经过就是这样——我被人救了起来。

九财叔被梨树坪的几十个村民围着搜山抓住了。那也保不了命,他和我一样得毙。我等待死期来临,等着当八大脚的爹来收他儿子的尸骨。

八大脚我爹怕是没想到，他会从这么远的县城抬回他的儿子。又一想，小谭得绝症的母亲假如还活着，她又未必想到会这么远从南山抬回她的儿子——这全乡第一个大学生，魂都丢在了南山的马嘶岭。

高墙外的那轮太阳照着铁窗，我无意间从兜里掏出了那张糖纸——这是唯一没被警察搜走的东西。我把糖纸放在眼前，对着那轮可爱的温暖的太阳，天空全变成了红色。我又想起那个让我惊讶的傍晚，我们离开马嘶岭的那个傍晚，那些红水晶一样的透明无声的死者。我的意识突然觉得，结局只能是这样的，他们最后只能在那儿——在那个时刻，安安稳稳地躺在那里，永远地躺在那里。

这是为什么呢？这种想法让我至死也弄不明白。

《人民文学》2004年第3期

那　儿

曹征路

一

开头很简单。

某天，半夜两点多了，杜月梅杜师傅顺着工人新村的小马路朝家走，走到公用自来水龙头拐弯的地方，冷不丁蹿出一条狗来。杜月梅妈呀叫了一声，那狗回头看看，也汪汪吠两下，然后就往工人东村方向去了。可就是这两声，把杜月梅吓瘫了，站不起来了。开头她还想爬回家的，她不想叫别人看见。但水龙头那儿结冰了，加上害怕和委屈，她居然爬不上台阶。绝望之中她只好喊救命。深更半夜的，惊动了很多邻居，出来好多人看热闹。一看，杜月梅把裙子都尿湿了，就七嘴八舌埋怨，说天寒地冻地你穿什么裙子呀？找死呀！

杜师傅是那样一种人，每天早晨六七点就推着一辆小车，上头装着几个暖瓶，几袋面包蛋糕，穿白大褂戴大口罩满大街吆喝：珍珠奶茶，热的！珍珠奶茶，热的！而到了夜里却换上一身时装，浓妆艳抹，十分青春地去霓虹灯下讨生活。逮住一个可疑分子就笑着说：先生洗头不洗？不洗？敲敲背吧，舒服，小费才一百！当然这种情形也不常有，主要是缺钱花的时候。干这事瞒得了一时瞒不了永远，谁都知道，可谁也帮不了她。她太穷，太需要钱，也太要强了。

人们把杜月梅抬回家再一看，见一脸的脂粉已经千沟万壑被泪水冲得不成样子了。他们这才知道夹住臭嘴，男的摇头叹气离开了，只剩下些妇女，有几个老娘儿们还抹起了眼泪。杜月梅捶着床哇哇大哭，说我们家小改后天就开刀了！我要有一点法子我都不会去的呀，我没法子呀！

开头就是这样，小事一桩，可后来居然也弄出七荤八素来。谁都没有想到。

所谓的工人新村其实并不新，只是顺着睡女山搭建的工人宿舍，东边的叫东村，西边的叫西村，中间的叫新村，随便取个名字而已。其实全都是矿机厂工人，谁还不了解谁呀。所以到天亮的时候，角角落落都已经传遍了，都在叹息杜月梅命苦，都在骂那只缺德带冒烟的恶狗。

在我们那个地方，邻里纠纷吵嘴打架的事天天都有，但在这样的问题上人们不会有第二种看法。原因很简单，生活越来越难了。生活越难人们对领导的怨气也就越大，这也是常识。这样到了中午，住东村的小舅已经知道了事情的全过程。尽管小舅只是个工会主席，但大小也是个厂领导（别的领导早搬走了，他算是坚持到了最后），何况那条狗就是他们家的罗蒂。这样他就不得不做出反应。

小舅经过怎样的思考不得而知，反正到了晚上，他趁月月在里屋看电视剧，跟着韩国美女抹眼泪的时候，把罗蒂牵到外头拿一只塑料编织袋套住，然后扛到西村跑个体运输的丁师傅家里，让丁师傅连夜开车出发，拉到两百公里外的芜城才放了生。

此后那几天，小舅就跟傻了似的整日发呆，一天总有五六个小时站在家门口，望着厂区沉默不语，叫他吃就吃一口，不叫他他就那么站着。厂区还有什么可看的？荒草，斜阳，铁疙瘩？小舅妈那几天也在气头上，也不愿管他。那几天的气氛确实不太好。

那条狗叫罗蒂，是条真正的好狗。让它代人受过实在有点不公平。

为了好狗罗蒂，月月跟我哭过两回了。说，捏不住鼻子揪耳朵，算什么本事啊？你心里有气你就怨我们罗蒂呀？

月月是我表妹，在集贤街开鞋店的，别看她读书不行，做生意绝对一流，她要有机会准能当上大老板。她是我们家的先进生产力。可她毕竟是个女孩，犟不过小舅。犟不过就一直哭，一直哭。

罗蒂是在很小很小就跟上月月的。说来也是有缘，考不上大学的月月有一天正无聊着闲逛着，罗蒂就来咬她裤脚，月月到哪它就跟到哪，躲都躲不开。月月回到家，罗蒂就跟到家，趴在门槛上，眼睛直眨直眨。后来月月给它一点水喝，一点馒头吃，它吃了喝了就爬到一个鞋盒子里睡下了，比人都乖。再后来，月月受到罗蒂的启发就开始卖鞋了，而且越卖越多，成了老板。罗蒂也就跟着越长越大，越长越漂亮。罗蒂的名字是这样来的：这小东西别看它平时不吭不哈，可一旦叫起来嗓门特别洪亮饱满，比那些大狗都厉害。我那时候非常崇拜帕瓦罗蒂，我就主张叫帕瓦罗蒂。月月说，万一它长出一脸脏兮兮的大胡子怎么办？就简称罗蒂吧。罗蒂长到八个月的时候，有个宠物贩子找到月月，愿意出三千块买它，磨了好几天。那月月就能干吗？月月说你问它自己答应不答应。罗蒂就冲宠物贩子吼了一嗓子，那小子一屁股就坐地上了。后来那小子才说出来，这是一条纯种德国黑背，说跟着你们可惜了。而罗蒂自从明确了身份，就越发显得优雅高贵，它目光深沉，神态安详，轻易不作声，可一旦发起威来没有哪条狗敢靠近。特别是罗蒂那身毛皮，黑缎子一样，油乎乎的，闪闪发亮，谁见了都想摸一把，只是不敢。还有罗蒂的额头，在眼睛上方长着两个白点，像黑夜里的星星，显得特别机警。总之那是一种无法言说的世外高人游侠武士派头，无与伦比。罗蒂好像对什么都满不在乎，只在乎月月。在外面如果月月不发话，任何美味佳肴是休想引诱罗蒂的，它看都不会多看一眼。月月如果说那就吃一点吧，它才会慢腾腾地踱过去，用湿漉漉的鼻子嗅嗅，吃上一点，然后又很快回到月月身边。大多数时候它就蹲在月月身后，成了她的贴身保镖。月月长得不算太漂亮，可她个头高皮肤白，穿的又时髦，在集贤街那种地方自然也是少不了骚扰的。所以有了罗蒂，家里也都放心些。可罗蒂万万没有想到，是月月的老爸骗了它，把它骗进了麻袋。毕竟罗蒂是条狗，不像人那么狡猾。

也是该着罗蒂倒霉，那天月月的鞋铺关门才七点多钟，不知怎么就心血来潮想去看一个老同学，这样就到了湖边。那一带都是高级住宅，自然养狗的人家就多。有一只花皮的母狗见了罗蒂，多老远就把屁股撅起来。开头罗蒂还不为所动，守在人家门口等着月月。后来月月回来时，那只花皮狗就一直跟着，而罗蒂也显得焦躁不安，跑几步就回头看看，又瞧着月月呜呜地叫。这样月月就笑了，说我早就知道你花心了，说你想去你就去吧，记着早点回家。于是罗蒂就领着花皮，不知到哪狂欢了几个小时。于是就发生了深夜吓着杜师傅的事。

其实真正吓着的是我小舅。

那天，刮了一夜的风，还夹着冰雹。风硬硬的，冰尖尖的，电线嘘嘘的，要吃人的样子，可到早晨就化了。那天小舅只讲了一句话：终于下来了。这话是什么意思？谁也猜不透。也许指的是暖冬，该下又不下。也许什么意思都没有。总之，那天小舅站门口看了半天，然后摔上门就走了。

另外在走之前，他和外婆还有几句对话。他说雪化了。外婆说雪化了好。他说外面不冷。外婆说不冷好。他说天暖和穷人就好过了。外婆说穷人好。他说妈，你好生躺着不要下床。外婆说好，好。

这些话是什么意思？雪早就化完了，哪儿哪儿都现了原形，坑坑洼洼，垃圾遍地，还有破鞋烂纸，一踩一腿泥。要是雪不化，表面上还能好看一点，还能平整一点，心里也能素净一点。另外，人穷人富跟天气有什么关系？难道连一床被子都没有的人才能算上穷人？总之他是烦透了，糊涂了。

我妈来电话时我们报社正在传达文件，内容是关于正确掌握突发事件的宣传口径。有人进来说我们楼顶上有一个民工好像要表演跳楼秀，警察已经把这一带封锁了。就在这时我妈来电话说小舅离家出走了。

当时会场就如一幅潦草的铅笔画，主编那张脸比擦脏的橡皮还难看。我的注意力肯定也在跳楼秀上，没怎么在意这事。我看见楼下有人正在给民工加油：跳哇跳哇，想跳就快跳哇，召仓都跳下来了，你怎么还不跳？可是警察很快就拿来了充气垫。接着电视转播车也来了，主持人扔掉大衣就开讲，一阵风把她的裙子掀翻过来，露出了里头的红毛线裤。结果那哥儿们错过了时机，又不跳了，楼上楼下全都白为他激动一回。后来我们分析，那小子不是真想死，想死他早就跳了，不用等警察。他不过是想讨回三个月工资，三个月也才七百块，想想也不值。于是我们十分悲愤，感到这年头实在没劲，连跳楼都学会造假了。

后来才记起我妈来过电话，说小舅失踪了。我小舅不是小孩子了，过年就五十的人了，这情况怎么说也有点严重。我妈责备我，出了这么大事你也不说一声？小舅从前对你那么好，你良心叫狗吃了？又问：他们也没怎么大吵，怎么说走就走了呢？怎么走了连电话都不打一个呢？这样的连珠炮显然多余，谁也无法回答。既然是真想离家出走他就不会通知你，既然不通知你他就是不希望你知道，小舅可不是个能造假的人。

我听见手机里小舅妈在那头哭喊：这回你们信了吧？这是他的灵魂大暴露！小舅妈不识几个字，可有一嘴电视剧词汇，一见电视里有第三者就联想丰富义愤填膺。小舅和杜月梅究竟有没有关系谁都说不清，他们那代人在爱情上多多少少都有一点奇怪。依我看他们是没有，否则杜月梅就不会去做那种事。如今下岗女工靠上一个拉边套的并不稀奇，毕竟活下去是第一位的。稀奇的是小舅竟然也玩起离家出走了，这倒是闹出了新意。

然后就是数日不归，也没有任何消息。

我妈天天晚上和小舅妈通电话，了解最新动态。但每次说到后来小舅妈就来气，总要强调指出：就是因为罗蒂！罗蒂咬了那个女工，他心疼了！

然后我妈就骂她，说你昏头了你！这话也能随便说的吗？

在我们那个地方，如今看法已经变了。下岗工人越来越多，人人都有亲戚朋友，骂女工，被视为不凭良心。你可以骂小姐，可不能骂女工。小姐都是外来的，她们年轻，一般都在娱乐场所坐台等候顾客上门。而这样的下岗女工是很难参与竞争的，她们只好在霓虹灯下晃来晃去，打一枪换一个地方。谁家没有老婆孩子呀，谁家没有七灾八难哪，谁还不是为了混口饭吃呀？所以她们是被划入好人行列的。至于说小舅是因为心疼杜月梅才离家出走，这话就更加离谱了。所以我妈也每每坚决予以反击，我妈说：弟妹你这话就说岔了，朱卫国对你怎么样你自己心里还能没数吗？几十年夫妻了你这点良心都没有吗？现在人都失踪几天了，你不去找人你还说这种话！劈头盖脸一顿臭骂，舅妈才不敢吭声了。其实小舅妈也是个老实人，她也是心里急，说话才不着四六的。

放下电话我妈就流泪了，说：你小舅是心里有事啊，他心里苦又不愿意说呀，他心事太重啊。父亲只好过来劝，说这年头谁没有心事，心事重又能解决什么问题？父亲及时提议把外婆接回来住，说这样小舅妈也用不着一心挂着两头，咱们也可以表现表现。于是我妈这才好过了一点点，商量着天一亮就去接外婆。而我心里想的是，小舅那样的人，怎么会为这点破事想不开呢？为一条狗？

我这样说当然是有为罗蒂抱不平的意思，可这毕竟是年轻人的看法。这点看法在父亲母亲、在小舅舅妈、在矿山机械厂几千名下岗职工看来简直太微不足道了。你们还养狗？还放狗出来咬人？他们就是这么看的。所以小舅把罗蒂放生其实还是爱护它。要是留在家里迟早叫人砸死。所以小舅妈再有气也不敢到外头去说。所以月月要死要活要跟她爸拼命也不过是闹腾两天而已。大家冷静下来，都明白当务之急还得把小舅找回来。

可上哪去找呢？该汇报的汇报了，该报案的报过了，谁也不知他上哪了。最后只剩下领导说的那句话：再等等，再等等。

那天我们并没有把外婆接回来。外婆死活不愿下床，她说，躺着好，大头说躺着好。大头是小舅的小名，大头说过的话就是真理，她就听大头的。我妈把舌头都磨短了，气得眼睛水直喷，等于零。

外婆说好，好，就是不肯下床。你要来硬的，她就哇哇直叫，杀猪的样。

外婆的老年痴呆症其实并不严重。你要跟她聊天，她都能明白你的意思，只是她的反应是一律的好好。你说下雨了她就说下雨好，你说吃饭了她就说吃饭好，你说死人了她就说死人好，她是我们家的好好主义者。清醒的时候她还会唱歌：英——特——纳雄——那——儿就一定要实现……

我们说是英特纳雄耐尔，不是那儿。她说就是那儿，那儿好！一点办法没有。

对于小舅的失踪，她也说好。好，大头是去那儿了，那儿好！

母亲流着泪说：你可不敢瞎说呀妈，不吉利呀。

外婆说，不吉利好，那儿好！

二

回到家我妈一直难过，心口疼。父亲就劝，说老太太是有心灵感应的，她是要在床上等儿子回来呢，还举例说明谁谁家出过的怪事，以证明心灵感应确实是存在的。其实父亲是学理工的，这时也不得不装神弄鬼让我妈睡一会儿。

其实我妈气的是外婆，她对外婆偏爱小儿子一直心存不满。我外公去世早，两个大姨嫁人也早，从前一个家庭的全部重担早早就落在了我妈身上。她做出了巨大牺牲，自认为是家庭的功臣，甚至直到小舅插队回来结婚以后她才松下一口气。可外婆就是和她不亲，就是愿意和小舅过，一点法子都没有。这让我妈觉得很委屈，小舅讲什么外婆都说好，小舅至今住平房也说好，没有厕所也说好，她觉得她把心操烂了外婆也不心疼。我知道她心里最气的是这个，对小舅的事她还没绝望。只是这些琐事在我们这一代人看来，简直太可笑了。

我曾经问过母亲：小舅小时候是不是特别可爱？外婆是不是一直沉浸在过去的快乐里？母亲说才不是呢，你小舅从前特别淘，在家老挨打，上学老挨罚，天天站墙根，是个出了名的逃学大王。你外婆是有病才那样的！

说起来也确实奇怪，小舅是个天才的技工，车钳锻铆焊没一样不精通，年年是厂里的技术能手，可小时候居然也不爱上学，看见书就头疼。小舅说，那时候老师负责任，要是一天不给我板栗子吃（敲脑壳），老师就会觉得那一天没干活，缺了点什么。他说，小时候我耳朵天天都是红的，是让你外婆揪的，还是你妈最疼我，经常给我揉揉。

那时，小舅最爱做的事就是看人家打铁，他看见人家风箱一拉炉口火头一蹿，就浑身发热，血往外直喷，魂都不在身上了。他十来岁就学会给刀口淬火，能做出像样的锻工活。他说他有了这个手艺下乡插队也没吃过苦，他打的镰刀锄头在那一个县都很有名气。

小舅十五岁下乡，十九岁回城，招工单位就是外公干了一辈子的矿山机械厂。谁也没料到，进厂的第二年小舅就出了大名。那年江南造船厂在维修一条外国客轮时遇到了麻烦：有一种推八的铁楔要求手工砸进榫槽里，但作业的场地是个半人高的圆筒，大锤抡不开，小榔头又力量不够，而且铁楔必须一次到位，否则就报废了。这下可难坏了造船厂，没法子就向我们矿机厂求援。矿机厂就找老师傅们开会，问谁会打"腰锤"？老师傅说，现在什么都靠机械靠设备，这种手艺早就失传多年了。二十四磅的大榔头抡起来不能超过头顶，而且砸下去要准确够劲，谁都没把握。厂长说，这么个小问题咱都解决不了呀？咱矿机厂的脸叫你们丢尽了。还八级工呢，狗屎！

其实这问题并不小，人猫着腰，还得使那么大的榔头抡圆了砸，今天谁有这本事？这时小舅跑进来说，他愿意试试，他说他在乡下打过"腰锤"。老师傅们全都不信，小舅不服，嘴巴又讲不清，只能犟着脑袋小声嘀咕：试试呗，不信就试试呗，连试都不叫试呀？这样就答应叫他试试。

厂里模拟了一个半人高的现场，新领了一把二十四磅大锤，砸核桃。要求是，核桃扔到哪榔头砸到哪，一锤下去核桃拍死，只准流油不准见碎壳。玩过榔头的人都知道，榔头不过顶就意味着重力不垂直，而榔头围着腰甩出弧线又不能见碎壳就必须做到正面落下，既准又狠一锤到位。这不光要技巧，更要一把好力气。那天的结果一些老师傅至今不忘，说是眼珠子都掉下地了：十几颗核桃砸完，居然四周找不到一粒碎渣。

厂长大喜，连夜就拉小舅坐上吉普车，送到芜城。在芜城，小舅更是风光无限，那个大胡子德国佬一再搂着小舅要亲吻，拉小舅照相。他说小舅要是在德国一定能当上议员，他承认自己是成心为难江南厂的，因为他根本不相信中国有这样好的技术工人。报纸电台也来猛吹，说小舅心怀祖国放眼世界苦练硬功什么的。

那年也是凑巧，中央美术学院有一个老师带学生到江南来写生，听说了这件事，就要求小舅光膀子打铁给他们看，看过了个个都叫美。真美，美极了。有个女学生摸着小舅的后背激动得浑身发抖。然后他们集体创作了一幅油画，名字就叫《脊梁》，这幅画今天还在省博物馆收藏着。

二十世纪八十年代的审美趣味我说不上来，反正那种画搁今天白送人还嫌占地方。我们市百货大楼门口天天表演内衣秀都没人看。不过小舅打铁的样子我是见过的。他个子高皮肤白身材匀称，身上布满三角形的小块肌肉，榔头在火光中舞动的时候那些肌肉全都会说话，好像全都欢快起来聒噪起来，像一只只跳舞的小老鼠浑身乱窜。那时的小舅也是最快活的，榔头像是敲在编钟上，每一个细胞都在唱歌，整个身心都飞升出去。根本不像现在，一副苦大仇深的样子，额头赛过皮带轮子。

那年年底，小舅评上了省劳模。

照说，那时的小舅稍微会来事一点就能走上另外一条道路。可实际上他并不是一个真正聪明的人，他所有的灵气都表现在手艺上。他不爱说话，也不会说话，嘴巴一张就伤人。所以他即使当了领导也是不讨好的。但是不提拔他好像也说不过去，因为同时期进厂的也都当了干部，何况他还是个劳动模范。

小舅不止一次对我说过：我要不当这个干部就好了，我有手艺上哪混不上饭吃呀？这个问题好像是个宿命，一直在折磨着他。我说，那你现在也可以走哇？听说上海那边就缺高级技工，一个月能挣好几千，你干吗不走？他把眼瞪圆了想半天说，我要是走了这边怎么办？说这话时他的眼睛洞穿出去，似乎看到很远想到很多，很深刻很全面，其实那里头很空洞，什么内容也没有。所以他的悲剧不是当不当干部，也不是有没有手艺，而是他心中有个疙瘩始终解不开。他太认死理了，只有一根筋。

小舅二十八岁才正式谈恋爱，这就足以说明问题。以他当时的条件，漂亮女工随手抓，可就是搞不成。这期间光我妈给他介绍的就不下四五个，没有哪个能处得下去。原因就一条，他不爱说话。不说行，也不说不行，问他什么都哼哼，哪个女的也受不了这个。

小舅到二十五六岁还爱找我来玩，一到星期天就来了。我妈总骂他：你就不能约个谁出去逛逛？跟个小屁孩玩个什么？没出息成这样！可他就愿意跟我玩，一点办法没有，钓鱼捉虾，上树掏蛋，逮什么玩什么。大头大头，下雨不愁，人家有伞，我有大头——这是我少年时代特有的骄傲。小时候我特别胆小，而且我对外界始终保持着足够的警觉，因为小舅没准儿就躲在哪个路口拐角，冷不丁冲出来把我的裤衩往下一拽，让我捂着身子满街乱跳。我急了也会骂他：看老子不告外婆收拾你！他把大拇哥一翘：你告哇，老子要怕你告老子就认你做老子！一直到他结婚，月月出生，小舅和我的友谊才算告一段落。

那时能跟他聊天逗笑的女人就一个，就是他十七岁的徒弟杜月梅。原因是他根本没把杜月梅当女人看，该说的说，该骂的骂，有时候还在屁股上拍一巴掌。小舅有个习惯，就是嘴巴表达不清的时候，喜欢用手，捅你一下或者打你一巴掌。但那时的杜月梅对他实际上是有意思的，很愿意挨他打被他骂。有两件事情可以证明：一件是小舅不爱吃蔬菜，但特别爱吃杜月梅腌的咸菜。那时上班就有保健票，两毛钱的保健票能打一个荤素炒菜，但小舅就怕吃这个，筷子翻翻眉头就皱起来了，什么菜！这时杜月梅就跟变魔术似的拿出一缸子咸菜，高梗白腌得黄黄的脆脆的，淋上香麻油，小舅立马咧嘴笑了。所以有一段基本上是杜月梅替他买饭，打一个红烧肉或者米粉肉，就她的咸菜。吃完了也是杜月梅去涮饭盒。还一件事是调工作。按规定干部是没有义务带徒弟的，但小舅坐不惯办公室，所以就带了一个钳工徒弟。可有一次厂长找他找不着，大光其火。后来发现小舅在帮杜月梅磨钩针（那时流行编织，钩针的精巧程度也是女孩的人气指标），就下死命令要杜月梅跟别的师傅学。小舅居然没敢反对，大概是觉得自己理亏。这件事杜月梅嘴上不说，可心里难受，据说眼睛都哭肿了。

那时候的杜月梅还是车间团支书，活泼，快乐，天天还唱着歌——年轻的朋友们，今天来相会，荡起小船儿，暖风轻轻吹，花儿香，鸟儿鸣，春光惹人醉……再过二十年后再相会！

可惜这段日子并不长，如果长一点也许情况就会不同，两个人也许会认真考虑这个问题。可惜那时家里人太急，我妈还问过他，是不是对那个小徒弟有点意思，小舅张嘴就是：放屁！家里人只好算了。同时也认为杜月梅太小了，要等她能结婚小舅该三十多了，那是不可能的事。其实现在看来两个人心里不是没有，只是不敢承认。小舅对女人太紧张了，紧张到了无话可说，已经分不清喜欢和需要，以至于该正视的时候他也不敢面对。而那一年他已经二十八岁了。

那一年，出现一个戏剧性的转折，原因是工人开玩笑。

据我看凡有人群的地方都免不了男女关系方面的精神生活，谈不上谁高谁低，只不过工人更直接一点，更有创造性。矿机厂就发生过这样的事：一个平时嘴巴很油、爱占女人便宜的师傅中午睡觉，被女工解开裤带，裆下糊了一大捧黄油。当然他们全是结过婚的，玩了乐了也就忘了，并不当回事。那天也是这样，午休时小舅睡着了，这时来了个库工找他签字。有人就说，朱师傅哇？睡了，你能亲他一口立马就醒！又有人说，咱们朱师傅什么都行就是那玩意儿不行，就缺你这一口了！人们嘻嘻哈哈说着这些，库工并不恼，一个人拿着领料单往里去。可到了小舅身边她愣住了。工人睡觉简单，找一张晒图纸或者旧报纸随便一垫就能睡着。夏天，都穿着单衣，小舅那一身肌肉就显得特别动人，让她有点发呆。

这种表情很奇特，触了电抽了疯一样。这表情立刻被几个女工捕捉到了，几个人一嘀咕，一二三就把库工给拎起来放到小舅身上了。放上了还不能算完，还摁着胯子来回上搓下蹾。小舅就在这种哇哇大叫的集体快慰中坚挺起来。有人喊，硬了，他硬了，谁说他不行的？他硬了！工人们拍着巴掌笑哇跳哇，肚筋都笑断了，认为这是最富创意最过瘾的一次恶作剧。

但事后，库工哭了，骂了流氓。小舅傻了，觉得抬不起头来。再后来，他就决定跟这个库工谈恋爱，再再后来他们就结婚了。这个库工就是我的小舅妈。

当时我妈是不同意的（也没有其他理由，主要是觉得她不太好看），一再跟小舅说，现在改主意还来得及。小舅说，我都那样了，还怎么改？我妈说，哪样了？不就是开个玩笑吗？可小舅坚持说：我都那样了，我都那样了！

那个时代确实很奇特。在小舅看来，他都那样了就等于做出了承诺，他就不能不负责任，否则他就真是流氓了。

这件事我跟月月交流过看法，我认为人的命运确实不可捉摸。人这个东西，我说，真的很偶然，很虚无，很结构，很符号。如果不是那次恶作剧，可能你就不是现在的样子，假定小舅和杜月梅好上了，也许你就是个大美人，一切的一切都要重新改写。

但月月不以为然，她说，你是烧糊涂了吧？即使那样又能怎么样？如果我比现在漂亮，也许我就不开鞋店了。

有一天深夜，十二点多了，小舅突然来了电话，说：我回来了。

我妈抓着电话，一个激灵就坐起来，憋了半天才哭出声，骂：你个死大头哇你死到哪去了呀？

小舅说：我去了趟省城。

我妈说：那怎么不招呼一声啊？你要把人急死呀？

小舅解释，主要是跟月月妈干仗，他懒得啰唆。原来他是找老领导告状去了。一家人这才把心放回去。

三

小舅把一条烟放在我面前，又让月月给我沏了一杯好茶，然后一挥手就把月月撵出去，郑重其事地说：请你帮我搞一个材料。我搓着手说这么高的接待规格我不好意思呀真的不好意思！小舅说：应该的，应该的。月月在他身后一个劲地撇嘴，我也装看不见。

搞材料就是写稿子的意思，工厂里把一切文字的东西统统称为材料。小舅知道我喜欢写小说而不是搞材料，但小说都能写了材料还不能写吗？我算是个还有点品位的人，也经常参加一些文学沙龙，只是暂时成就还不明显而已。但我们报社有个笔名叫西门庆的哥儿们，是专门写苦难的，已经很火了，他有一次到前街邮政所拿稿费，把柜台的现金都拿空了。这事在我们那个圈子里已经成为标志性美谈，我在家也吹过。我一直深信，有一天我也能这么爽一把。虽然我明白小舅这是因为看重这个材料，但小舅的庄重本身就说明了对我的承认。这也让我带上一点神秘激动的想象。

他首先申明：你放心，出了问题一切由我承担。

小舅说，你是我们家的知识分子！

其实事情很简单，他就是要把矿机厂这几年的衰落给领导汇报汇报，把工人现在的处境跟领导反映反映，把造成这种情况的原因给领导分析分析。其实照我看，这些破烂事你不说领导也未必不知道。现在我们那个地方哪家国营企业不是这样？哪个工人日子好过？那些早年离职下海的反倒好了，有了位置也有了积累。而那些听领导话要以厂为家的，现在满大街都是。分工越来越细，连掏耳朵挠痒痒的都有了。现在谁要能想出一个挣钱的点子，立马就有成百上千学样的，可谁来消费呢？领导不知道？

但小舅不这么看，他坚决要我给他写。他说，不是你想的那样，我们厂落到这个地步是有原因的。别的厂我不了解情况，不好说，可我们厂我是一本清账，我是眼看着他们一步一步把厂子整垮的。他说，这是一场严肃的斗争！我要和他们斗争到底！他目光如炬气势如虹，很正义。

他都这样讲了，我也就无话可说，只当陪小舅玩上一把。

小舅告诉我，这一趟去省城他把矿机厂的第一任厂长给找着了。他说这老头儿是延安时期搞兵工厂的，现在住在干休所。他费吃屎的劲才把他给找出来。然后这老头儿又领着他去见了国资办和总工会的人，现在这些人全都答应帮他告状。他说要是省里告不赢，他就去中央告，非把他们告下来。

说着小舅又拉我到厂里去，他说：眼睛看着我们厂，我才能说清楚。就这样，又陪他在厂区转了大半夜。

其实这个厂我从小玩到大，龙门吊，大行车，车铣刨镗，全都是我熟悉的。这里有我一半的童年欢乐。而今却人去厂空，无比荒凉。小舅就在这荒芜中讲述了他认为不该如此荒芜的历史。冬夜，风很冷，可小舅却讲得一头汗，把毛衣解开，胸口呼呼冒着热气。这让我很怀疑自己的观察能力。他高大的身影像鬼一样在墙壁上扭动，使他的动机显得宏大而且缥缈。

简单归纳一下就是这样：矿机厂的前身是东北某军工企业，五十年代由国家投资，转战千里来到江南，属于当时国家大型骨干企业中的配套项目，是为周围几家矿山服务的特大机械设备厂。到了七十年代末已经发展成设备总吨位号称江南第一的大厂，拥有三千多工人和五百多工程技术干部。按小舅的说法，除了飞机不能造，他什么都能干。到了八十年代实行价格双轨制的时候，厂里要求分出一部分生产能力开发电冰箱（那时海尔小鸭美菱那些牌子连影子都还没有呢），可上级就是不批准，说是要坚持为矿山服务的方向。好，就为矿山服务。那时厂里每年都有电解铜计划，当时市场上电解铜八千多一吨，而计划价才四千多一吨，谁能批到条子谁就能发财，当时倒腾铜的人比苍蝇都多。厂里根据这种情况决定自己拉铜杆拉铜线，这样每吨可以卖到两三万，可上级一看又不干了，愣下文件把厂里的拉线车间给砍掉了，眼睁睁看着那些倒爷在厂门口倒卖调拨单。拿到调拨单还不提货，转手又卖给别人。就是活抢啊！小舅说。可领导还要我们维护大局。好，就维护大局。到了九十年代，等人家把市场瓜分完了，原始积累差不多了，领导说你们该下海了，要自己在市场经济中学会游泳了。也行，就自己学游泳。谁怕谁呀？一直到九十年代末，我们厂其实还是能生存的。虽然工人多一点，效益差一点，可我们生产的收割机拖拉机还是不错的，农用机械还是有市场的，还是垮不了。好，他看你还不垮，他就给你换领导班子。非把你搞垮不可。

　　我笑起来，我说这也太邪乎了，领导还能是天生的坏蛋？非把你搞垮不可？小舅说：我看就是故意的。原来我也不明白，以为真是什么产业结构调整，什么阵痛，现在想想，就是故意的！我说，那领导图个什么呢？犯罪也要有个动机呀？小舅沉默了半天，说：捞钱呗。你想想，工厂是死的，设备是死的，怎么才能变成现钱？

　　我没有文化呀，是个猪脑子呀，我现在都后悔死了。小舅说。

我承认想不出这里的道道。但是我认为，这年头捞着了算你走运，捞不着也不用心里痒痒，对老实人而言吃亏是福乃绝对真理。

小舅摇摇头：我说的捞钱没有那么简单，要拐很多道弯呢。他说：我会给你一些资料，那都是有数据的，不是瞎说的。

小舅承认，他犯过两次错误，都是不可饶恕的。第一件是让工人集资买岗位，一个人三千块，不掏钱就下岗。他说这是上一届贪污犯干的事。他们哄他，你是工会主席，老工人，有威信，让他去动员。结果集资款全叫那帮人拿去投资，打了水漂。这帮人调走的调走了坐牢的坐牢了，只有他成了名副其实的工会主席。

第二件事更愚蠢，这一届新班子来了以后，某个领导牵头引进了一个港商，让厂里跟港商签订协议，由港商整体收购，全员安置，改成私营公司。但干这样的事要开职代会，表决通过才行，结果领导又让他做工作。当时他想，工人已经吃了大亏了，港商又愿意拿出几千万建立收购发展基金，逐步偿还工人的集资款，就同意了。但职代会开完了通过了，到实际过户的时候才发现，原来自称资产十几亿的香港公司不见了，却变成了我们本省的一家港龙公司。注册资本金只有三千万，而且公司副总经理居然就是我们厂从前上级主管局的财务处长（清算时还挂着市中级人民法院破产清算组副组长）！更滑稽的是，他们所谓的注册资金就是以收购矿机厂以后的实有资本来充抵的。空手套白狼啊。

小舅说：我着急的还不是这个，这些都已经过去了。我现在最着急的是眼下，眼下我们一定要想办法保住厂子。所以你一定要帮我把这个材料写好，要有说服力，要能打动人，让人一看就明白，还不能太长！其实小舅已经讲得很清楚了，他是心里一遍一遍想，想过一百遍了，可一写到纸上就不是那么回事。

小舅说：我太笨了，没文化真的不行。

我说，我保证给你好好写。不过小舅你也别太认真了。你写了又能怎么样？现在有谁还关心这种事？你们厂工人关心吗？反正你也不少拿一分钱。人家爱怎么整就叫他整去，他能把喜马拉雅山搬回家当盆景，咱没意见哪。小舅发愣：说你怎么会这么想？你帮了忙，矿机厂全体工人都会感谢你。他说：现在我已经搞清楚了，这家公司负责人的所有承诺都是放屁，不但拿不出一分钱来实现转产，而且还要职工掏钱集资。当然工人也掏不出钱，有也不可能再掏给他。这样他们就有理由卖厂房卖设备，他们真正的目的是要这片地，他们是搞房地产的！

小舅就是这样的人，他认准的道理是不可拐弯的。可是他在那儿一惊一乍地喊，十分痛苦十分正义，在我看来就二十分可笑。就算他是世界上最后一个把工厂当成自己家的人，又有谁信？就算你把这个事搞成了，又有谁来感谢你？这话我没有讲，我要讲出来他能把我拍死。

我问，他们现在进行到了哪一步了？小舅说：眼下还僵着。我没签字。我不签字就等于少了职代会这一道。我说，那不就结了吗？不签字他就不合法，不合法他还能把你吃了？小舅又摇头：你到底还年轻啊，现在他还对你客气，又要送别墅又要送小姐。你等着吧，不答应好果子还在后头呢。

我暗笑，我琢磨着这才是问题的实质。我问，他真给你送过小姐？他点头，是呀。你没要？是呀。你真的没有一点点私心？

他愣住了。

我说：我的意思是，让你下这么大的决心，让你激动成这样，就没有一点点个人的理由？小舅想想，说你是什么意思呀？我说，你太崇高太伟大了，所以让我不太相信。他说：你的意思是我想当厂长？我说一个破厂长能让你这样大动干戈吗？这还不够本质。你就说说为什么非要把罗蒂送走吧，罗蒂妨碍你什么了？你肯定还有别的原因。小舅咂着嘴想想，说你个小兔崽子，你究竟想知道什么？想让我说杜月梅呀，我就给你说了又能怎么样？

小舅证实了我的一个猜想：他确实去过杜月梅家。是杜月梅的处境让他受了刺激，让他决心去上访告状的。小舅妈说的没错，他确实是心疼杜月梅了。

小舅承认，他确实喜欢杜月梅，不过这种喜欢是结婚以后自己才发现的，那时已经有了月月，太迟了。但是他们并没有来往，只是在心里憋着。在厂里碰上了，就多看上两眼，看过了心里就酸酸的。有时候碰不上，他还特意去精工车间转转，转过了心里就好受一点。这种心情持续了好几年，后来岁数大了才渐渐淡了。杜月梅到了二十七岁才结婚（是什么原因他也不清楚），嫁的是厂里的一个司机，当时小舅舅妈还包了钱去喝过喜酒。但后来杜月梅的命运一直不太好，生过女儿以后丈夫出了车祸，死了。前年，她女儿小改查出有骨髓炎，这以后日子就一天比一天凄苦。下岗以后她卖过血坐过台，但岁数大了连这种生意也不常有。这样小舅就时常会有一些愧疚和感慨，但并不像舅妈说的那样。小舅向我保证绝没有干过那种事。我想这也是一个男人非常正常的心态，算不上什么。

那天，杜月梅被狗吓着以后，小舅揣了点钱去看她。但没想到的是，杜月梅一见他就破口大骂，能捞着什么就砸什么。说朱卫国你骗我们集资你喝我们血，你害得我们还不够惨哪？小舅本想说点好听话就走的，可遇见她这样就一句话也讲不出来，舌头被台虎钳夹住一样。杜月梅说，你是不是也想嫖呀？这些钱你够嫖几次的，你来呀！小舅吓得掉头就走，可杜月梅把那个钱揉成一团又扔出来。小舅捡起那些钱，可能比他一辈子锻出的铁器分量还要重，那时日头还没下去，空气里弥漫着尘埃，可他眼睛里灰蒙蒙的，什么也看不清。只听见大锤咣咣地在耳朵边上砸。他又回来了，说，我早想和你好了，我都想二十年了，钱你先收下吧。他的意思是只要你收下钱就行，别的以后再说。谁知这下坏了，杜月梅身子一挺就扑到砧板上，菜刀也抓起来了，说我早知道你就是这么个人，说我就是跟狗睡我也不能叫你污辱我！……

现在我能体会到，小舅为什么要坚决把罗蒂送走了，其实他也喜欢罗蒂的，但现在罗蒂的每一声叫唤都让他心里滴血。他不杀死罗蒂，他就要去杀人。

现在我也能猜到，一连几天站在家门口的小舅其实并没有想什么，他脑袋里是一片混沌。破败的厂房，昏黄的流云，还有凛冽的北风，都不能让他清醒。在他眼前晃动的只有一个人，那个他从前喜欢过的女人。这个女人从前是那样的快乐那样的单纯，跟在他后面师傅师傅地叫着，咯咯地笑着，如今为了三十块五十块就能随便跟人睡一下！她没有法子，因为她还是个母亲，她还有一个住在医院里的孩子。可她心里还有尊严还有向往，她不能让小舅看不起她。这些都让小舅很受伤害，他不能不对这个女人，还有跟这个女人一样的工人负起责任。

他都那样了，他就不能不这样！

小舅站在龙门吊上，瞧着墓群一样的车间，眼睛里全是泪。说咱工人不贱啊，咱要求不高哇，咱工人卖的是力气靠的是手艺呀，只要有活干咱就能把日子打发得快快活活，咱怕谁个呀？

四

敬爱的×××同志，您好。尊敬的×××首长，您好。此致工人阶级的崇高敬礼。××市矿机厂工会主席朱卫国。这样的信件我打印了十来份，每份两页纸，可以说有理有据，有情有义，把我自己都感动了。然后我又给了小舅一个软盘，告诉他不够了就找一家文具店再打，两块钱。这样小舅就揣着它去了省城。

接下来的日子就像转个不停的陀螺，每天都一样。我发现我也染上了某种宏大的毛病，我的额头也开始像皮带轮子一样深刻起来。我居然相信小舅能带回一点好消息回来。

这期间，我还给报社写过几篇小通讯，都是反映下岗工人看病难和孩子上学难的。当然，都给毙了。不过我本来就不抱指望，我知道这不符合主编的导向。我们主编操心的都是后现代问题，比如我市有多少人买了第二套房第二辆车，为什么野菜比蔬菜贵，吃骨头比吃肉还养人，死在家里比死在医院更符合人道精神，看谁能勇敢地面对乞丐，等等。但我还是写了这样的东西，惹得主编龙颜不爽要重新考虑我的续聘问题。直到有一天西门庆来拍我肩膀，说要请我去鸿运楼洗澡，说那儿新来的小辣椒特别有味道。他说，你呀你呀，你怎么会犯这样的低级错误？瞧你脖子僵的，快让小辣椒给你暖和暖和。

小舅是半个月以后叫人给领回来的。被领回来的小舅蓬头垢面，满身黑泥，一笑一嘴白牙。不过看上去精神状态还不错，搞成这样是因为他又去了一趟北京。

　　这趟去省城开头还挺顺利，该见的人都见上了，该递的信都递上去了，总工会还给他介绍了一家便宜的小旅馆。但过了两天就不对劲了，来了一个处长找他谈话，自称是美国回来的博士。博士开口就叫他先回去，然后又说一通工人阶级最拥护改革最通情达理最有组织纪律性之类的话。他觉着口风不对，就问，那我们厂的事怎么办呢？博士就笑了，说你是省劳模，又是领导干部，你怕什么呀？省里都有政策的。小舅说不是我怕，我怕谁个？我们厂还有三千多工人哪，三千工人都要吃饭哪。那人脸就沉下来了，说你这个同志怎么这么不开窍呢？有个人要求你就谈个人要求，不要动不动拿三千人说话，你能代表三千人吗？组织上怕你吓唬吗？小舅说，我没有个人要求，我不想吓唬谁，我就是担心国有资产流失。博士说：很好，既然你提到国有资产，你知道国有资产谁有处置权？是你吗？你连企业法人都不是，你来谈什么国有资产？你不是瞎掰吗？

　　小舅傻了，心想他上次来各级领导都很客气，还让他写材料，怎么几天工夫就变卦了呢？这个博士他上次没见到，说话果然有水平，一口咬定他是带着个人目的来的，弄得他浑身是嘴都说不清。小舅就要求见领导，可所有的领导都说没时间不愿见，都传话让他先回去，让他相信组织。小舅心想我要不相信我干吗写材料告状，干吗来找你们呢？小舅觉得委屈死了，跳楼的心都有了。

　　还是干休所的老头儿有头脑，老头给小舅指了两条路。一、向后转回家去，捏着鼻子不吱声，看他们怎么搞。二、去北京，去国资委，去财政部，去中纪委，去……老头儿问：你怕不怕死？

小舅当然不怕死。他又不是为自己，他相信组织相信党，他怕谁个？这样小舅就揣着老头儿写的几封信，上了去北京的火车。

这期间，还发生了一个小插曲，市委办公室的副主任领着矿机厂的两个领导也到了省城。他们是专程来接小舅回家的，在稻香宾馆摆了一桌，他们说，朱卫国你今天不喝够，我们回去不好交差。然后就喝酒，一人拿一瓶，亲不亲，一口闷。小舅心想你知道我去上访，还非要来给我送行？上访是我的权力，党纪国法上都写着。喝！看哪个先趴下。然后，那几个人就滑桌肚里了。然后，小舅就摇摇晃晃上了火车。

小舅没钱，也不敢乱花钱，买的是夜间的硬座车。他盘算着上车就睡觉，眼一睁就到北京了，在哪睡不是睡？结果这一觉就睡出问题来了。车过德州的时候，他闻到了扒鸡香。车过天津的时候，他闻到了肉包子香。睡梦中他还记得扒鸡和肉包子都很好吃，只不过这种香甜的感觉很快过去了。等他睁开眼，天已大亮，这才发现除了手上还捏着一张火车票，他已一无所有。他翻遍了所有的口袋，发现连裤兜里的手纸都没给他剩下。

这样，他头脑就开始盘旋。他相信，这绝不是一般的小偷。于是小舅坚定地认为：这一趟是来对了。不然他们为什么害怕自己上访呢？连一张纸片都不给他留下呢？这说明他们心里有鬼。于是这个小偷反而帮助了他，让他重新评估了此行的意义，让他觉着自己正在做着一件了不起的大事。而他们，并不像嘴上说的那么理直气壮。他想，老子一无所有就不能告状了吗？老子偏告给你们看。

这样他走出北京火车站的时候，心里一点都不沮丧不胆怯，而是瞄准了有塔吊的地方，直奔了建筑工地。兄弟，有活干吗？兄弟，我是来北京上访的，没钱了，帮个忙吧？这样问到第三家，他找到一个拌浆的活。可是北京的包工头只管饭不给现钱。现在眼看到年底了，更不愿给现钱。小舅对自己说，先吃两顿饱再说，就干上了。有了这样的心态，以后什么也没难住他。小舅觉着，这正是一种考验，他要是连这点考验都经受不住，他还跟那帮人斗什么斗？这样想想他的这些磨难就非常合理了，甚至有了点精神提升的意思，再苦再累，再饿再冻，都是应该的。

北京的冬天我知道，我在那里上过四年学。那是个屋里屋外两重天的世界，屋里能让你鼻子热得流血，屋外能让你觉得胸腔是个开放的空洞，冷风能从前胸直穿后背。而小舅没有这种感觉，只穿一件毛线衣整天站在寒风里，小舅觉得快活得很。在北京的这几天，他拌过砂浆，扛过麻包，在路边修过自行车。他给自己做了个纸牌子：高级技工，只收现金。还真管用，有一家汽车修理厂还想长期聘用他。最走运的一次是，某工地的罐笼卡在钢槽里，他爬几十米高给人修好了，一次就赚到三百元。开头经理还想赖账，小舅一把抓住那人的胳膊，还没开口，那小子身子就矮下来。后来他俩还成了朋友，经理还介绍他到郊区的一个上访村去住，五块钱一晚，还管一顿早餐。

有了这样的经历，小舅信心倍增。他一边给自己找活干找饭吃，一边满世界打听那些大机关。上访村的村友也都是各地来的，他们也教给他一些上访的诀窍，比如怎么排队拿号，怎么给关键的人物递材料等等。这样到了第十天，他给自己买了一套干净外衣，又去理发店修了边幅。

然而最严峻的问题出现了，他没有证件。一个不能证明自己身份的人凭什么走进那些大机关呢？怎么可以让人相信你的上访申诉是可靠的呢？甚至可以进一步推论：一个没有身份证的人是不是一个真实的人？小舅显然没有去做这样的思考，他很容易就接受了别人的建议：花一百元给自己买了一个身份证一个工作证。他想，朱卫国还能是假的吗？他认为这个人是谁并不重要，关键是这些材料真实不真实，严重不严重。他相信组织上一定会来调查的，一查什么都清楚了。

果然，在各个大机关，人家都很客气地接待了他。都对国有资产流失很关注，都表示这个问题很严重，都说要认真对待。在总工会，人家还查了大本子，核对了朱卫国的省劳模称号，还对他的到访表示了感谢。可是有一天晚上拉网，小舅还是被拉进去了。警察眼睛毒得很，一眼就看出了他伪造证件的本质。

在一个大黑屋子里，小舅睡了两天。他太累了，一倒下就睡着了。这个表现让警察都有点疑惑，别人进来都是赶紧打电话托人求情，可这个人不吭不哈，倒头就睡，连饭也不吃。他们反而担心起来，万一这个人有什么病，死在里头不是麻烦大了吗？于是就找他谈话，交代政策，提供方便，要他和家里联系。小舅说我不联系要联系你们联系，我把嘴磨破了你们都不相信。警察说不联系你就在这儿凉快吧。小舅说凉快就凉快，反正我的事也办完了。说话的时候市政府正派了人满北京城在找他，最后交了罚款才把他领回来。

我不知道在身无分文的情况下我能不能坦然面对，也许被逼到绝境里人都会求生存，但小舅显然不是这种情况，只要他愿意，打一个电话就能解决问题。但他没有这样做。有意思的是，这趟北京历险让小舅开朗了很多，两眼贼亮，话也多起来。好像是去国外旅游了一趟，开阔了眼界，丰富了思想，整个人都长高了一截。他说，你瞧着吧，中央马上就要抓了，上头不会不管的。让他们这样搞下去，还得了？在他看来，咱们这儿的情况还不算最严重的，别处比这还厉害，这就是非抓不可的理由。我问过小舅，你怎么这么有把握呢？中央就听你的？他说：这不明摆着吗？他们让国家吃亏，让工人吃亏，这就是活拉拉抢银行啊。

　　有一件事我没搞懂，小舅连手纸都让人给偷走了，他拿什么材料向中央机关告状呢？小舅夹着眼笑，说你那个材料我早就背下来了，他就是把我衣服扒了，我光屁股也能进北京，不就是花两个钱找人打印吗？我不信，他就背给我听。我发现三四千字的文稿，几十个数据，只弄错了两个标点符号。

　　小舅得意地说，咱笨人自有笨办法，老天爷安排好的。

五

　　工友们，老少爷们们，兄弟姐妹们，请你们有空回厂里来看一看，想一想，大家商量商量！小舅提了个电声喇叭，从东村喊到西村，从西村喊到新村。他的意思是，最好能开一个全厂职工大会，把当前的形势说一说。当前的形势是什么？就是有人要出卖咱工人阶级，侵吞咱国家财产。

　　小舅在厂门口支了张大桌子，上面放了一份倡议书，留了一摞子空白纸给人签名。倡议书是他口述我起草的，本来还有一千个不答应一万个不答应之类的话，我认为不太合适，就删掉了一些。可小舅认为，就是这样的大白话才来劲，工人一听就懂，一看就明白，大家才能团结起来。现在谁怕咱工人团结？总之他是横下一条心了，要发动工人抵制卖厂。在他想来，只要三千个名字往上一写，吓都把他们吓死。

这期间还发生过一件事，市领导把他找去谈过一次话。小舅回来后脸青过两天，脸青过之后就让我帮他打倡议书。小舅说：他们也说不出什么道道来！你有理说理嘛，你敢说这不是侵吞？你敢说这不叫贪污？你敢公开包庇他们吗？你们也不敢。你们也说不出道道来！就说我不该上访不该去北京，我不去北京我找你管用吗？我找你找得还少吗？

小舅这一趟出去，明显能说会道了。一个人对着墙壁也能嘀嘀咕咕说个不停，好像一直在跟谁苦辩，好像他一辈子该说的话都积攒在心里，此时闸门大开。我听不懂他在说什么，却知道他的短发已经白了一片，看上去比我妈都苍老。而在他的脸上，刀刻斧凿的脸上却有一种神性的光辉——目光专注，印堂发亮——我这样说不是赞美，而是实实在在是有点害怕。我真怕他支撑不住，走向崩溃。用小舅妈的话说，他这是想上电视了，想当名人了，过瘾！

那天回来我把小舅的情况一说，我妈就愣了。白菜刚擦下锅她也不管了，扔了锅铲就走。见了小舅又拉又推又喊又叫：大头哇，你想哭你就哭一场，啊？你别想不开呀，别吓我们哪！

小舅当然不是想哭，他正亢奋着。问：我干吗要哭？放什么屁呀？

可他的亢奋我妈十万分地不感冒。在她看来，小舅完全是疯了。企业改制，国家转型，是你一个工会主席管得了的事吗？你工资不少拿一分，饭不少吃一碗，别人能过你就不能过了？再说你还是个省劳模副县级干部，怎么改也不能把你改掉了。你操心什么？退一万步说，你就是心疼杜月梅也没啥，悄悄帮她几个不就完了吗？我妈大气磅礴地指出：谁爱贪就叫他们贪去，他能把长江水都喝干吗？咱们安安分分过咱的日子。可惜小舅的回答是不理睬，他认为这比放屁还不如。

我妈说那么多人不出头你为什么要出头？枪打出头鸟你懂不懂？你这是造反啊你知道不知道？你越来越不懂事了！我妈是当小学老师的，革命历史她知道得不少，可她就是不能说服小舅，而且从来没有说服过小舅。说服不了她就觉得很伤心，一伤心眼泪就一泻千里。

后来我父亲也赶过来了，僵局这才打破一点。我父亲是个工程师，是搞机电一体化的，对矿机厂也算了解，小舅不敢不尊敬他。按我父亲的看法，写个倡议书还够不上造反，只是他怀疑这种做法没有价值。在他看来，当今世界五轴连动的机床都有了，咱们这个矿机厂也确实落后了，能改改不是更好？再说现在是市场经济，资源要向优势企业倾斜，你们硬顶着不是逆市场而动吗？

小舅叫道，它哪是什么优势企业呀？他们一分钱也没有，是空手套白狼啊。而且他们搞的是房地产，连名字都想好了。靠山的这一片叫仙女花园，靠厂区那一片叫雄风广场。我父亲这才傻了，说不对吧，我昨天才看的报纸，怎么会这样呢？怎么可能这样呢？小舅说：报纸上要有一句真话我何必去上访呢？要真能改造矿机厂，别说五轴连动，八轴连动我都想要哇。我父亲经过严肃地思考，还是认为这一切太不可思议，便指着我骂：这就是你们办的报纸？

这天晚上，一家人在一起吃了一顿饭。快过年了，有点最后晚餐的意思，虽说气氛沉重，可人总算是聚齐了。我妈也不劝小舅了，倒是一改往常劝他多喝酒，说：多喝点，喝醉了你就清醒了。

小舅站起来说：姐，那我就谢谢你！又说：我们家往上数几辈都是本本分分的工人，咱本分可咱不是孬种。你们猜我这几天看见谁了？我总能看见咱姥爷，我总能想起他说的那些话。他对外婆大声说，妈，我看见我姥爷了！

外婆答道，好，好，你姥爷好！

我看见母亲脸色一惨，热泪喷了一脸。

他们说的姥爷，就是我外婆的父亲。他老人家死的时候还不到三十岁。他没留下照片，谁也不知他长得什么样，可小舅居然说看见了他。我想小舅看见的应该是一幅素描画，这幅画至今还挂在大连市一座著名的监狱博物馆里。我读大三的时候，我妈和小舅回东北探亲，领着我去参观过。画上的那个人是个工人领袖，他正在驳斥法官的指控。他说：我们从来不隐瞒自己的观点，我们就是反对资本家剥削和欺骗，就是要为工人争福利，争权利，改善工人生活。那个人后来死于一次著名的监狱暴动，身上中了十几枪，肩上居然还扛着一副铁栅栏……我说小舅脸上的神情，指的就是这种表情。我明白，小舅真的是走火入魔了。

但是事情并不像小舅想象那样，他振臂一呼，然后应者云集，然后大家同仇敌忾就把厂子保住了。小舅的错误在于，他根本就忘记了这是一个什么样的时代，也忘记了自己的身份。这事我在报社里也谈过，他们都认为这种事早就不稀奇了，连新闻价值都没有。他们说矿机厂要是以一块钱转让那才叫新闻。当然，这种话小舅是听不进去的。

几天过去了，回厂来看热闹的不少，真上来签名的并不多。小舅见人就讲形势严峻，见人就宣传保住工厂就是保护自己，他眼睛充血嗓子喊哑，可人家就是不愿签名。人家说对呀对呀，是这个理呀，朱主席你真是个好人，这年头像你这样的人已经不多了，可就是不签名。就这样他还不死心，他还要挨家挨户去做思想工作，上门去促膝谈心，掂着电声喇叭一片一片地宣讲形势。小舅说：我以前是犯过错误，大家上过我的当，所以大家不相信我，这我能理解。可我没有贪污过一分钱是真的，我为咱们厂着想为大家着想是真的，这点总可以信吧？请你们相信我，只要工厂还在，只要大家团结起来，厂子还有救……

到了后来，他身后只剩下一帮小孩，他走到哪都有小孩跟在后头喊：厂子还有救，厂子还有救，厂子还有救！

原先跟着签名的都是职代会的代表，还有跟小舅关系特别好的一些老工人。现在看见人气不旺，那些代表又后悔了，还偷偷摸摸把名字擦掉几个。小舅气得眼珠子都要飞溅出来，说你们怎么孬成这样？滚，怕死的都滚！

这样的结果是小舅完全没有料到的，他不能接受这样的事实。在他看来，他两次出去上访，经历千辛万苦，完全彻底为了维护工人的合法权益，到头来却是热脸蹭了冷屁股，这怎么可能？他想不通，工人阶级怎么能这么冷漠？这么自私？这么怕死？这还是从前那些老少爷们兄弟姐妹吗？

然而真正让小舅伤心的还不是这些。真正令小舅感受到人世间冰寒彻骨的悲哀是在一个晚上。那天，他一口气喝掉一瓶大曲酒，正要摔瓶子，家里来了两个老头儿。老头儿是他从前的师傅，老头儿对他说：你随它去吧，孩死娘嫁人，折腾也是瞎折腾。我们是看你可怜，才来跟你说这个话。

小舅哭了，说师傅哇，师傅我真是为大家好哇，我没有半点私心啊。

可老头儿们说，你说你为大家好没有用，你算老几呀？就算厂子不卖了，你就能保证搞好吗？到时候不还是人家说了算？

小舅说，那他们也不能这样对我！

老头儿眼一瞪，说这样对你还是客气的，你坑了咱厂多少人啊？你摸良心想想，工人都拿一百二十八元钱，你拿多少钱？你早就不是工人啦！

小舅这才一屁股坐在地上了。在小舅看来，到这时才算真相大白，自以为代表工人说话的他，其实只能代表自己。而那个美国博士说得一点也不错，不要动不动拿三千人说话，你能代表三千人吗？组织上怕你吓唬吗？

就是这天晚上，小舅喝得大醉，瓶子摔了一地。小舅妈气不过，说：过完瘾啦？过完瘾就爬到床上去，别在地下要赖。一会儿你女儿回来还说我怎么着你了！然后嘀嘀咕咕又说了些守活寡之类的话，这样小舅积郁了一冬的怒火终于点燃了，他抄起一把竹笤帚劈面就打。

小舅并不是一个喜欢家庭暴力的人，作为工会主席他还调解过不少暴力纠纷。他和舅妈的感情虽说不大好，舅妈那张嘴虽说也有点臭，时常疑神疑鬼说些难听话，但真打这还是第一次。小舅真的是气疯了。

当时的情况是这样：小舅妈夺门而逃，嘴里大喊杀人了，朱卫国杀人了，朱卫国不要脸，搞不到别人就打老婆。小舅在后面追，她就在前头喊，从工人东村一直喊到西村。当时晚上九点还不到，几乎全体工人和家属都看到了这一幕。在工人区吵嘴打架并不稀奇，当时也没有人出来拉架，人们只是觉得很惊讶，甚至还有点小快活，觉得很过瘾：朱卫国怎么也是这样的人？也许他们觉得，这才是本色的朱卫国。

正好月月收工回家，愣在小马路上，人都傻掉了。后来她就跪在路中间，抱住小舅的腿哭得撕心裂肺：爸呀，爸呀我求求你呀！你别再闹了呀！

小舅这才站住，然后直挺挺地倒了下去。

六

这是入冬以来少见的一个夜晚，皓月当空，纹风没有，暖得出奇。工人东村背后的仙女山在月色下显出了少有的凄清柔媚冷艳逼人，有点像冰心在乡愁想象里出现的月下青山。当时是十点来钟，一家人都还没睡。小舅被弄到床上呼呼吐着粗气，月月母女俩在堂屋里坐着没话可说，该吵的吵过了该骂的骂过了，相对无言而已。就是这时，她们听见大门上有指甲划动的声响。

月月打个激灵就跳起来，说，是罗蒂！

真的是罗蒂。好汉罗蒂流浪一个多月居然自己找回家来了。它一见月月就呜的一声扑进怀里，两个前爪搭在月月肩上不肯放下来。然后月月也哭了，嘴里喊着罗蒂罗蒂，就倒在地上不停打滚。罗蒂没有放声吼叫，而是把声音憋在喉咙里，发出一种奇怪的哭声，好像生怕别人听见，好像生怕再次惹祸，好像它对人世间的一切都已经看透，只是发出那种小心翼翼的呜呜的低号。它一边哭还一边不停地抽搐，让人感受到它从心灵到肉体都经历了怎样的痛苦。

我相信人是无法体验这种痛苦的。芜城离我们那个地方有二百多公里，中间隔着好几条河流和大片的丘陵山地，我想象不出罗蒂是怎么找回来的。这一个多月，罗蒂肯定每一分钟都在寻找，它不会放弃任何一点熟悉的气息。但狡猾的人类把房子和公路都建得差不多，把每一辆汽车都造成轱辘和钢铁的联合体，而且到处是可疑的灯光和讨厌的石油废气。它肯定走过不止一座城市，走过不下几千里，从一点点细微的差别中辨别方向，一个地方一个地方地区别真伪。它还必须忍耐饥饿和疲劳，躲避人类的追捕，因为像它那样的体格和皮毛是无法不让人生出贪婪歹毒之心的。它不敢停下来休息，不敢放松警惕，因为稍有松懈就可能遭到毒手。还有，就是它内心的煎熬，它想月月呀，这种思念每一分钟都在折磨着它呀。它不懂贫穷和富有，也不懂高贵和低贱，更不懂文化和禁忌，它只相信一条，它只有一个家，只有那一种气味才是它需要的，只有那一个人才是它的朋友。也许它还想到了月月的痛苦，也许它认为月月也像自己一样在四处流浪，它不愿意月月也受着同样的煎熬。所以它只有不懈地顽强地寻找，现在它回来了，它怎么能不呜呜地失声痛哭？

后来小舅妈从震惊中清醒过来，说月月你先给它洗洗吧，你看罗蒂都成啥样啦？月月这才发现罗蒂形容枯槁，满身污垢，毛发黏合，后胯上还带着一片血迹。月月说罗蒂你先吃饭吧，吃了饭我再给你洗。可是，罗蒂已经瘫在那儿起不来了，嘴角流着白沫，一条腿不住地抽搐。再一细看，有一根小腿骨露在了皮毛外边，已经发黑了。

月月一边流着泪一边给罗蒂擦洗，一边擦洗还一边让罗蒂喝牛奶，一边喝牛奶还一边给它上药、包扎、捆夹板。月月说，罗蒂呀罗蒂呀我对不起你呀，以后我俩再也不分开了好不好？我明天就带你去看腿好不好？罗蒂吃了喝了来精神了，爬起来打个激灵，然后又汪地叫一声表示同意。

月月说，罗蒂你好好睡一觉，明天我带你去买好吃的。罗蒂不动。月月拍它的头说，罗蒂乖，罗蒂听话，罗蒂你去先去睡吧。可罗蒂就是不动。在以前，月月只要发出指令，罗蒂就回它的小窝，她不让罗蒂进她的房间。月月奇怪，四下里看看，院子里也没有别人。月月问，你是不是想到我屋里去？罗蒂不吭，但喘息分明粗重起来，目光变得警觉而且凶狠。

月月不知道，罗蒂一声叫唤，把小舅叫醒了。小舅看见了罗蒂。于是小舅这些日子所有的委屈和怒火都有了发泄口，而且全部集中在罗蒂身上。于是小舅发了疯一样满屋乱窜，后来他抓到了一把榔头。舅妈本来想拦他的，可见到小舅两眼血红一副要吃人的架势也吓呆了，一个字也喊不出来。等月月明白这一切，小舅已经冲到了院子里，罗蒂在月月身后狂吠不已。

小舅骂个不停：看我不砸死你！骂着就撵着罗蒂要砸。

罗蒂开头是要躲闪的，它在月月身后钻来钻去地躲。后来月月喊，爸呀爸呀，你干什么呀？我求求你呀！

但突然地罗蒂就不躲了，嗷地吼叫一声就站住了，吐出了血红的舌头和尖牙，喉咙里呼噜呼噜喷出热气。小舅被这个动作弄得一愣。

月月知道不好，她扑通一下跪在了地上。她想抱住罗蒂，可罗蒂闪开了。她想抱住小舅的腿，小舅也跳开了。她只好对着地面一下一下撞脑袋。她说爸呀爸呀你千万不要砸呀，又说罗蒂罗蒂他是我爸呀你不能咬他呀。

这时小舅妈也冲出来了，对着小舅就一头撞过去，说朱卫国，你把我们娘俩都砸死吧，我们都死了你就省心了。小舅这才清醒了一点。

当时夜已深了，这一家人的喊杀喊打和罗蒂的大嗓门惊动了不少人。也有邻居过来劝架的，劝小舅息怒，犯不着为一点小事动肝火。也有说月月的，说月月不懂事，说这条狗的确不能再留了，留在家迟早是个祸害。

后来有人把丁师傅也叫来了，丁师傅答应这次一定把罗蒂送到江北，他保证是放生，绝不把它卖给任何人。而可怜的罗蒂并不清楚这些，不清楚人们和颜悦色的表面，不过是掩盖谋杀。它只是缩在月月怀里一下一下舔着月月的手。

最后的时刻到来了，人们把塑料编织袋交给了月月。月月想留罗蒂到天亮他们都不能答应。在父亲和罗蒂之间她最终选择了父亲。

然而最不可思议的事情也出现在这一刻：罗蒂一看见那个编织袋就警醒起来，它狂叫不已，后退着躲闪着。月月拢不住它，就流着泪说，罗蒂乖罗蒂听话，罗蒂我给你找一个好人家。可是罗蒂再一次看见编织袋要罩过来的时候，它一口就咬住月月的袖子，月月一抖，被它挣脱了口袋，跑了。月月撺出去喊，罗蒂罗蒂，你听我说！罗蒂就停下来听她说，它腿瘸着跑得也不快。可是月月一追上，它就看见那只可恶的口袋，然后它就再跑。这样她们从东村一路喊着追着，罗蒂一路听着停着，一直跑到了厂区。在她身后跟着好几十人，看着这样的奇观，听着这样凄厉的呼喊，他们谁也不觉悟。后来月月再喊它也不听了，它一瘸一瘸地爬上了龙门吊。后来月月实在跑不动了，就趴在铁梯上哭，说罗蒂罗蒂我错了，我跟你走行不行，我不要咱爸了行不行。可是月月忘记了，她手里始终抓着那只编织袋，这种形象她说什么罗蒂都不信。这样，罗蒂最后回过头看了月月一眼，放开嗓门长长地吼了一声，一头栽了下去。

罗蒂是自杀身亡的，这点确凿无疑。当时在场的有好几十人，他们都看得清清楚楚，罗蒂跳下来时是屈着腿，伸着头，而且准确无误，一头扎进道岔铁轨的结合部。当时人们费好大劲才把它的脑袋从道岔里完整地扒出来。它把自己的天灵盖撞得粉碎。

当时虽是深夜，可月正圆，光正亮，在场的人都看见罗蒂画出了一条几十米长的高空弧线，发出了沉闷的钝响。虽是冬夜，清冷，可那条黑色弧线就像一把刀子，劈空一下就把人的胸膛豁开了，热辣辣地疼。虽是人多势众，热闹无比，可那一刻竟都齐齐铆在地下动弹不得，接着就像坟墓一样的长时间的荒寒寂静。

我是第二天中午才得到消息的。月月打电话说，你来看罗蒂一眼吧。我赶到时，月月嗓子已经哭哑了，里外都透着冷漠。后山上聚集了很多人，都是来送罗蒂的。罗蒂躺在月月的五斗柜里。坑已经挖好了，旁边有一块木牌子，写着：义狗罗蒂。我看见月月的毛毯盖在罗蒂身上，它闭着眼，只有额头的两撮白毛还支棱着，像鲜亮的眼睛，像黑夜里的星星，冷峻，高傲，威风不减。

山上风挺大，也冷。人们都是来看这条义狗的，并没有什么话要说。看过了，心事了了，就有人用铁锨铲土。然后那些土就一点一点把罗蒂固定在仙女山上，然后人们就三三两两地下山。

有人轻轻叹息，说人不如狗哇，人真的不如狗哇。然后这句话就跟着寒风在山沟里翻滚。

后来又有人抬杠，说人怎么能跟狗比呢？人活得本来就不如狗嘛。

而好汉罗蒂已经听不见这些了。它奔跑不止几千几百里，在荒原，在山岭，在冰冷的城市间四处寻觅，不知经历了多少痛苦，不知忍耐了多少残害和阴谋，它遍体鳞伤，还被打断一条腿。它终于回到了家，可是家里人不但不收留它，不可怜它，反而二话没有又要把它撵走。还用一条花里胡哨的编织袋！这些人说尽了好听话最后还是要抛弃它。任何一条有志气有感情有尊严的狗都受不了，何况是罗蒂？它怎么能忍受这样的侮辱？怎么能接受这样的安排？与其再度被冷酷的人类抛弃，它还不如自寻了断，在这个世界里寻求彻底解脱。

那天小舅没有来。他发起了高烧，一个人在家躺着。我猜他心里也不会好受，他的暴行直接伤害了罗蒂，他不会没有一点震动。如果说当时是发酒疯，还有情可原，可现在罗蒂都死了，你还有什么可怨的？小舅是一头犟驴，这是外婆和母亲的一致评价，我小时候常听她们这么骂他。但小舅的悲剧很难用一个"犟"字来说明。小舅不小了，出事的这一年整五十了。五十岁不是五十斤，怎一个犟字了得？写到这里我已经很难表达我对小舅的看法，我说过他那一代人的情感我理解不了。

下山时我们碰见了杜月梅。她拿着一束梅花，看样子也是去祭罗蒂的。可迎面碰上了，总还是有点尴尬。杜月梅轻轻喊了一声月月，说我对不起你。小舅妈哼一声就走过去，但月月却很大方，叫了声杜姨。后来这两个人凝视了一会儿，就慢慢走近，还搂在了一起。我觉得月月这一点就很不简单，比老一代强。

七

月月从家里搬出去了，搬到集贤街她那个小鞋铺里住去了。她说她受不了了，在家她眼一闭就能看见罗蒂的目光，那种最后回头看她时的目光。她说那就像烧红的烙铁直插进脑袋里一样，眼一闭就疼。

舅妈也受不了家里的冷淡凄清，也回娘家去了，说要过了年才能回来。这样就苦了我们，我妈不能不去照顾外婆，还有躺在床上的小舅，我和父亲只好两头蹭饭吃。

元旦之后，市里突然下文要求所有的国营企业限期改制，先是3号文件，后来又是5号、9号文件。我们报纸也公布了《国有企业产权制度改革实施细则》，好像是突然之间，领导都睡醒了。我们主编说，这次是休克疗法铁腕推进！而且靓女先嫁，把靓女都嫁完了，看你那些丑女还动不动？

三九天，人人都热得不行。先是几家股份有限公司相继宣告成立，走到哪都能闻到鞭炮的硝烟味。广播电视里也都是喜庆气氛，歌词是：看成败，人生豪迈，只不过从头再来。它们从原来的国有独资，一下就变成了国有资本不控股或相对控股。这是几家效益好的企业，通常被认为是市里旱涝保收的铁杆庄稼。此举的引人注目之处还在于通过一次性补偿，置换掉职工的身份。而且来势凶猛动作干脆，要求在十天内走完全部关键程序：员工购股、身份置换、召开首届股东会、员工重新招聘、把企业资产一次性量化分配到人。

那天小舅是出来晒太阳的。他对外面的事情已经完全麻木，也不再感兴趣了。众叛亲离和我妈的强大思想攻势，使他彻底投降认输。他现在唯一的想头就是让月月赶紧回家叫他一声爸。可月月就是绷着不理他，连我妈也说不动。月月对我解释，这个伤痛是她的永远，看来三五天是不可能修复的。小舅没法子只有求外婆，但外婆是个彻底的好好主义者，拿着电话说了半天好、好。那头月月早挂线了。

几天的高烧让小舅有点飘，明晃晃的日头也让他有点飘，后来他找到一只小板凳，才顺着墙壁慢慢坐下来。坐下来才发现，竹篱笆外头围了一圈人，而且人越来越多。这些全都是厂里的老师傅、他的老兄弟，还有职代会的代表，他们居然不敢进家来，只是隔着篱笆墙跟他笑，想讨他的好：好点啦老朱？你起来啦朱师傅？厂里宣布啦，出大事啦，朱……朱主席？

小舅把眼翻翻，不吭声。

那帮人就七嘴八舌说，港龙公司已经进来啦，布告都贴出来啦！

小舅把眼翻翻，还是不吭声。

他们问：你不管了？

小舅说：我不管。

他们说：你真不管？

小舅说：我真不管。

他们说：你真不管我们就走了。

小舅说：走吧，走远远的。我要再管我就是你孙子。

后来他们急了，说那总得有人领个头哇？我们该怎么办？

小舅说：爱怎么办就怎么办。反正你们能过我也能过。

后来又有人骂，说朱卫国，你把大家都骗了又甩手不管了？

小舅就把眼翻白了，再也不吭声。这样人来人往，僵持到天黑，人们又把他师傅搬出来。俩老头儿来了也劝不出个道道，只是干叹气，完了，这个厂真的完了！小舅说，不是我不愿管，可我管有什么用？我算老几呀？反正大家能拿一百二十八块我也能拿一百二十八块，我不信别人能过我不能过。

　　我妈对小舅的表现一百个满意，在她看来只要小舅能顶住十天半个月，厂里旗号一换，人们再怎么闹腾都没用了。到时候小舅这个省劳模、副县级干部市里不会不考虑的。再说闹有什么用？厂里那么多干部，人家不出头凭什么我们要出头？这个信念使她十分兴奋，她决定要把这半个月当作一场战役来打，住在小舅家不走了。她要看住小舅，她要保护小舅，她要为这个家庭在她退休前做一次辉煌的贡献。尽管这个念头在我和我父亲看来是可笑的，可她干得十分认真。当然，在工作方法上她也有所改进，现在以表扬为主。她说：大头哇，你这就对了，听领导的没有错，错了你也没有责任，天塌了有大个儿顶着。

　　可小舅的回答却是，放屁。然后回屋蒙头大睡。

　　我妈愣了一会儿，笑了，说，放屁就放屁。然后把围裙拍拍去做饭。

　　我猜想，我妈那几天是幸福的。如果在自己家里有人胆敢说她放屁，她不大闹几天决不罢休。可她是在小舅家里，小舅骂她放屁她不但不生气，她还笑了。她在小舅家里高声大气：大头你要吃干饭还是稀饭？要不你还是吃疙瘩汤吧，疙瘩汤好消化！我认为这就叫使命感，在这个社会转型的关键时期，她要像老母鸡护小鸡那样把小舅塞在翅膀底下。一个在为最高历史使命奋斗的人，无论有怎样的委屈，怎样的辛苦，她都会很幸福。

由此我推论，小舅那几天是痛苦的，因为小舅也有使命感。尽管我不清楚他脑子里具体想些什么（我的一言一行都受到我妈的监控，甚至我都不能和他通电话），可我能想象他那两天的沉默并非心甘情愿。这种沉默实际是在扇自己的脸。不是他不想站出来，而是他毫无办法。

本来他的想法是：通过全厂职工签名，向上级表明态度，甚至走进法院。因为三千人的声音谁都不能装听不见，因为这样一来谁也不敢再说他不能代表三千人了，他也就不是吓唬谁了。可是来签名的不过一二百人，那他还能有什么话说？还能有什么办法？这个冬天并不冷，可他觉着骨头都冻酥了。

然而事情在起变化。谁都没有料到，轰动一时的"矿机厂员工购股事件"就是在绝望中发生的。这个点子是由一个女人想出来的，这个女人叫杜月梅。

这是一个早晨，好像还下着小雨，很冷，杜月梅穿着白大褂撑着一把伞，从小路上慢慢走过来，她走到篱笆外头喊：朱卫国，朱卫国！

我妈开头一见是杜月梅，还挺高兴，说进来吧，快进来，瞧外头多冷。我妈为什么欢迎杜月梅，这心理很奇特很复杂，也许她觉得这时候小舅特别需要杜月梅，只有杜月梅才能安慰小舅。也许她还有点阴暗心理，觉得反正小舅妈不在家，正好给他们一个机会。总之她非常热情地欢迎了杜月梅。

可是杜月梅没有进来，这个家她是不可能进来的。她说谢谢你大姑，我说几句话就走。这样小舅就隔着窗子和她说了几句话。就是这几句话，让小舅突然站立起来，自此再也没有人能阻拦他。几句话是这样的：

杜月梅：你真的就这么算了？

小舅：不算了又能怎么样？

杜月梅：孬种，朱卫国你真孬！

小舅：不是我孬，是咱厂的工人太孬。

杜月梅：你放屁，咱厂搞成这样是工人造成的吗？

小舅：那是另一回事。

杜月梅：厂门口的公告你看了没有？

小舅：我没看，不看我也知道是怎么回事。

杜月梅：你真该好好看看。员工购股是什么意思？

小舅：还想让工人掏钱呗，现在谁还愿意掏哇，上当还没上够哇？

杜月梅：你说工人成了股东，工人自己说了算，他们还愿意不愿意掏？

小舅：就是愿意也没用，现在谁还掏得出钱来？

杜月梅：不见得。说着她从怀里摸出一个红本子来，说：你忘了，咱厂是搞过房改的，谁家没有这个东西？有这个东西，就能上银行，抵押贷款！

小舅呆掉了，接着是浑身簌簌地抖。他说：你是说，拼了？

杜月梅眼睛亮着：拼了。

小舅：可是，可是……

杜月梅：可是什么？

小舅：可是你愿意拼，我愿意拼，大家都愿意拼吗？

杜月梅没有回答。她定定地瞧着小舅，瞧了好大一会儿，然后掉头就走。她越走越快，越走越快，然后再也没有回头。她举着一把小花伞，碎碎的那种小花，在灰蒙蒙的烟雨中越走越远。

我相信，那一刻在小舅眼中，这是一团火，而且突然就燃烧起来。

后来我想，这种点子也只有杜月梅才能想得出来。这用信任解释不了，用爱情也解释不了（爱情没有那么伟大）。根本的原因是，这是一种在绝境中求生存的本能。只有一个濒临绝境的人，才会去认真思考、反复盘点自己手中究竟还剩下一些什么样的资源。也许在她心里不止一次想到过要拿房产证去换钱，她不止一次抚摸过那个红本子，在她女儿要做手术的时候，在她一次次去霓虹灯下游荡的时候。可最终她没有那样做，可能这就叫天意。

我小舅那一代人从前的工资是非常低的，一个月只有几十元。他们在那个时代被告知这叫低工资高福利，是由国家负责他们的医疗、住房和子女教育的。我想这是为了平等，因为集中起来的财富办起了食堂、幼儿园、公费医疗、免费住房。这是低工资换来的，虽然不是很灵活的选择，但毕竟是不花钱的。据说这能最大限度地利用宝贵的资源。但接下来的事就很难解释，有人来说，为了更好的生活出现，我们必须改革，房子要卖给个人，医疗要自己交保险，幼儿园和食堂要交给专门的公司管理。一个工人，忍受了几十年的低收入，他创造的大部分价值已经变成了他的住房、公费医疗和幼儿园，这些东西本来就是属于他的。而现在，他们期盼的好日子并没有出现，甚至连住房也要舍去了，他们要付出双倍的价钱，买回更加属于自己的工厂，买回属于自己的劳动权利。

我认为小舅当时可能想到了这些，也可能想得不太清楚，他只能用两个字来表达：拼了。我相信小舅当时两眼是冒着火的，它们被一把小花伞点燃了，放出了异样的光彩。小舅就是带着这样的光彩，拉开门冲了出去。

我妈一把没有拉住，然后腿一软就跌坐在地。

她捶着水泥地，喊到了嗓音破音。大头哇，你是找死呀——

八

我不清楚小舅这一次是怎么发动成功的。几乎是在一夜之间，全厂工人都活过来了，各家各户都在翻箱倒柜找那个小红本子。起码他们都在思考，要不要购买厂里的股权。也许这一次，大家都意识到了个人的危机。也许这一次，大家都觉着比上一次实在。也许"股权"二字，让人们看到了自己的利益。也许，在限定时间内，允许员工购股是政府的号召。也许是小舅拿着自己家的红本子做出了表率，也许大家觉得连杜月梅都舍得一搏，咱们还不敢搏？总之人人都莫名其妙地兴奋起来，行动起来。

其实在工人心目中，真正的疑虑不是舍不得一搏，而是看不到前途。他们都算准了，上级领导是不会让小舅这样的人当厂长的。他说了不算，所以说什么也等于放屁。谁愿意冒着风险跟着说话放屁的人干呢？而现在就不同了，"股权"二字就意味着权利，意味着他们自己也能说了算，他们想让谁当厂长就让谁当，他们看着谁不顺眼就把他撸下来。所以开大会的那天晚上，要不要以房产为抵押购买工厂的股权已经不成为问题，大部分人已开始有了信心，愿意跟着小舅搏一把。他们更关心的是，你朱卫国究竟有什么点子能让工厂起死回生？头一个问题就是这个。

那天我们报社去了十几个人，毕竟这是本市最震撼的新闻。

大会是在矿机厂的金砂库开的,密密麻麻站了好几千人。小舅他们几个站在行车上,在探照灯下,人看上去渺小得很。

小舅说,我没有什么点子,点子靠大家出。但是我知道咱们厂是怎么一天一天落到这一步的,知道了原因就不难想出办法。另外我还知道咱是工人,咱工人卖的是力气靠的是技术,只要有活干咱就能把日子打发得快快活活。

小舅说,上哪找活干?到市场上去找。我就不相信,咱们厂有这么好的设备,这么好的技术工人,在市场上找不到一口饭吃?搞不过一个街道工厂?搞不过一个乡镇企业?说到天边我都不相信。

小舅说,胡七你们知道吧?他是我徒弟,是个没出息的人。可就是这个没出息的人,开了一个小厂,生产铁葫芦,卖到美国去了。现在他还要生产家用割草机,成了一家大公司。这些破玩意儿咱们生产不出来?

小舅说,我还知道一个窍门:随便找一家外国公司,挂上外企的牌子,不要他真出钱,咱就可以免好多税。如果产品能出口,咱还能退税,缴多少退多少。你们知道为什么外企的员工工资高?那都是咱们缴税给他们开工资呀。他们拿了钱还不感谢咱,还笑咱没有竞争力,不会经营!这还讲理不讲?

我的小舅,从来不是个能言善辩之士,我也从来没听他说过一段完整的囫囵意思。可这会儿他的清晰准确,他的生动犀利,有如神助。他足足讲了半个钟头,一个磕巴都不打。从公司的组织到生产经营,从股东的权利到办事的章程,他似乎早就想好了,他早就在等着这一天,等着这一刻。我甚至有点怀疑,本省又一颗企业家明星就这么升起来了,这样的结果绝对超出想象。

　　这是个真正激动人心的不眠之夜。几乎没有多少异议，就通过了拿房产证抵押贷款的办法。唯一的疑惑是，这一切好像太容易了。根据以往的经验，太容易的事，往往都隐含着危险。所以有人提出来，大家最好绑在一起共进退，如果出现意外不能控股的话谁都不要出一分钱。小舅说，那怎么可能呢？还给大家解释，这次改制是市政府下的文件，对矿机厂资产评估是财政局下的文件，要求员工在有效期内自愿购股是厂里贴出的公告，而且时间这么紧，不可能说变就变的。接下来就是登记造册，回家去拿红本本，连夜干。

　　当然也有不同意见，那就是厂领导和准备入主的港龙公司，但在那样的气氛下他们的声音是微弱的。白纸黑字，覆水难收，他们说了也是白说。他们原先也没有估计到会出现这样的局面。他们认为工人再也拿不出钱了，即使有钱也不敢往外拿了。

　　实事求是地说，这么大一个矿机厂估价三千万，确实等于白送。但从市政府的角度看，由于国有资本存量太大难以卖掉，就干脆采用"界定"的方式，把企业创建时的初始投资算作国有，而以后的投资和积累都被"界定"为法人资产。这种改革堪称"界定式改革"。只是这么一"界定"，庞大的企业资产便从国家账面上消失并转入内部人手中，再经优惠赎买，余下的国有资产又缩水成了三千万。原来人们心目中的几代人积累起来的国有资产被大笔一挥就这么"界定"掉了。

　　这是一个显而易见的漏洞。以矿机厂三千多职工计算，一个人只要拿出几千元就已经取得了绝对控股地位。这样的好事小舅他们也觉得不踏实，所以又连夜派人请律师，后来是委托了省里一家著名的律师事务所来代理所有的公证、贷款事项。这样到了第九天，差不多已经板上钉钉了，连贷款银行都已经来厂实地调查过了，矿机厂职工集体购股却成了一个事件！

原来的头条新闻变成了绝对机密。

就在这天夜里，市里下发了29号文件。文件提出了本市正在进行的企业改制进程中实行"经营者持大股"的原则，并且强调要确保核心经营者能持大股。文件对股权结构做出了规定：在股本设置时，要向经营层倾斜，鼓励企业经营层多持股、持大股，避免平均持股；鼓励企业法人代表多渠道筹资买断企业法人股，资金不足者，允许他们在三到五年内分期付清，亦可以以未来的红利冲抵；在以个人股本做抵押的前提下，也可将企业的银行短期贷款优先划转到企业经营层个人的名下，实行贷款转股本，引导贷款扩股向企业经营层集中。显然，这就是针对矿机厂来的。他们就是要把矿机厂"界定"为内部人所有，在内部人中又"界定"老板拿大头。

市里来传达文件的那个人，把文件念完后，还笑着对小舅说，朱卫国同志，根据文件精神，你最少能拿3%啊，你以后就是大老板啦。

小舅跳起来抓过那文件，抖抖地问：那以前说的都是放屁？

那人吓得身子往后一仰，说你这个同志，怎么能这样说话呢？

小舅噢地大叫了一声，然后人就一点一点矮了下去。他想抓住那人的胳膊没有抓住，然后就跪在了地上：我求求你们了，无论如何请你们发发慈悲，把工人的房产证退给他们，还给他们，那是他们最后一点东西了。说我求求你们，求求你们了！

那人说，你是个省劳模，还是个领导干部，你看看你现在像个什么样子？你不能文明一点吗？没吃过猪肉还没见过猪跑吗？他后来捭捭袖口放缓了语气：你还是不是共产党员？

小舅号啕大哭。

写到这里，我浑身颤抖，无法打字。我只能用"一指禅"在键盘上乱敲。我不能停下来，停下来我要发疯。我也写不下去，再写下去我也要发疯。

"矿机厂事件"和29号文件在报社内部传达以后，我们报社也疯了。他们说，这是有屎以来最臭的一泡屎，当今世界上哪去找这么好的投资环境？他们说，工人也太无知了，这帮人也太无耻了，究竟有没有长过牙（齿）呀？他们说，早知道这样，大家都应该到国营企业混，一觉睡过来就是个百万富翁。

我瞧着那颗硕大的脑袋，发觉那里面真的装满了智慧，就忽然像见到了救苦救难的菩萨。我说，求求你了大官人，你写了那么多苦难也给工人写一点吧，为什么不写写我小舅？我小舅真够你写的！他怔着说，你真认为我应该写？我说当然，你是写苦难的高手哇。他说不对吧？我说怎么不对？他说写了你给我发表？我说你都成大作家了，我不就想借你的名气用一下吗？可是他身子一扭就进了厕所。我又跟进去求他，我说我给你磕个头行不行？

他甩着他的家伙笑起来，说你呀你呀你呀，你小子太现实主义了，太当下了。现在说的苦难都是没有历史内容的苦难，是抽象的人类苦难。你怎么连这个都不懂？那还搞什么纯文学？再说你小舅都那么大岁数了，他还有性能力吗？没有精彩的性狂欢，苦难怎么能被超越呢？不能超越的苦难还能叫苦难吗？

九

我离开报社半年以后的一个早晨，我正坐在工地的一堆钢筋上吸烟，冷不丁看见一个穿白大褂戴大口罩的妇女在路口卖早点。她喊着：珍珠奶茶，热的，珍珠奶茶，热的！

我心里一动，就走过去。杜月梅见是我，也把口罩摘了下来。我说杜姨你还干这个呀，说完了又有些尴尬。她说，不干这个我能干什么？不过她很快告诉我：那个事我不干了。于是我知道她们家小改已经出院了，失去了一条右腿。我们简单聊了几句就分开了，我还得去干活，也不能耽误她做生意。

有时我也会思考，比如良知，比如正义，比如救赎什么的。当然更多的时候我什么也不想，只是为当天的工钱操心。其实我也想不了什么，比如我都不知道为什么自己还留在这座城市里。

月月说，你不就是想看看人间吗？这就是人间。月月说，富人的快乐都是相似的，穷人的痛苦各有各的不同，而且痛得稀奇古怪。月月不读托尔斯泰，却能说出这么经典的话来，让我很惭愧。

月月有时候也会来看我，来了就带一包卤菜，把我灌得烂醉。有一天她突然小声说，回家吧，我姑眼睛都快哭瞎了。说完就偷偷观察我的脸色。当时心里是刺了一下，可很快就没有了那种感觉。我是下过决心要独立生活的，我顶多有时间回去看看他们。我不可能再回到过去了。

我租的这间小阁楼很好，视野很开阔，只是有点漏，一到下雨就滴答，滴答，好像总在提醒我点什么。提醒我什么呢？

九月的一天，我给老板押车，车过矿机厂的时候，心跳忽然加速，颤个不停，我就跳下来了。我看见矿机厂的大铁门是关着的，门下长满了蒿草，只有港龙股份有限公司的铜牌牌还挂在门外。铜牌上不知让谁糊了一泡屎，是用那种小学生作业纸包着的，于是我就笑了。笑着笑着，泪就下来了。我突然明白，我之所以不走，其实就是在等待，我想等着最后一个结果。可是这个结果始终不来。

现在这个港龙公司的牌子虽然还挂着，可他们毕竟退出去了。那几个领导虽然还是领导，可卖厂毕竟不那么容易。因为据说现在上边已经有了明确说法，禁止这种自己定价自己买的内部人交易。也因为小舅虽然不在了，但他的幽灵还在厂里游荡，矿机厂还有三千多双眼睛。也许那些人并没有死心，他们也在等待，等着下一个机会。29号文件再也没有人提起，就像从来没有发生过一样。事情就是这样僵着。我也这样等着。我相信矿机厂三千多职工也是这样等着。

实际上小舅在那个29号文件宣布的第三天就死了。死得很突然。但他没有白死，他的灵魂一直守在矿机厂里。他死的时候，矿机厂改制领导小组公布的方案刚刚贴出来，还没有干透。在这个方案里，朱卫国的名下写着3%的股权。

我想正是这3%的股权，让小舅彻底孤立了，崩溃了。在他看来，他做的一切不过是彻头彻尾的表演。他唯一想做的事，就是赶紧把房产证还给大家。可是就这一点，他都没有办法做到。他们回答，你不是说员工自愿购股的吗？

他没有办法解释，也没有人再相信任何解释。这是他第三次欺骗了他的老少爷们、兄弟姐妹。除了死，他没有办法证明自己。除了死，他也没有办法让他们良心发现。事不过三啊。

他都已经那样了，他就不能不这样！

小舅自己砸死了自己，他为自己选择了一种最好的方式。躺在空气锤下，怀里抱着脚踏开关，那一刻我猜他没有犹豫。另外，此前他也过了一把瘾：那台空气锤周围，扔了一地的酒瓶子，还有一堆新打的镰刀和斧头。镰刀有长的短的，带齿的带钩的。我猜他站在火光里，抿上一口酒，然后叮叮当当敲打这些东西的时候，是快乐的。因为那才是他真正热爱的一种生活，那才是他身心舒畅灵魂飞升的舞台。

临死前他有没有想到过罗蒂？也许他至死都不曾想过。

在最后一刻，他有没有想到过他的姥爷，我的外祖爷爷？我猜他是想过的。因为那个素描画上的人一直是他心目中的英雄。他就像那个卖火柴的小女孩，在火光中看到了那个英雄。他向往那种生活。那个人肩上扛着铁栅栏，身上中了十几枪，可还喊叫着，让他的狱友往外冲。

冲啊，冲啊，为了明天，为了下一代，为了……冲啊，冲啊！

我们得到消息已经是早晨九点多了。几乎全厂人都到齐了，密密麻麻站了一地，全都挤在车间外面，当时正是大雪飞扬。

当时焦炭炉还没有熄灭，小舅平躺在工作台上，穿着工作服和大围裙，可是他的脑袋已经没了。没有了头颅的身躯并不可怕，只是有点怪。

我妈扑上去喊：大头哇，你怎么这么傻呀？不值呀真的不值呀！

月月抓着小舅的手猛扇自己耳光：爸呀爸呀，我对不起你呀！

那一刻哭声震天，他的徒弟们一个一个扑通扑通跪在雪地里，杜月梅也在他们中间，他们哭着叫着，师傅哇，师傅哇。

只有外婆一个人没有哭。我们告诉她，小舅已经走了，小舅这回真的走了。外婆拉拉小舅的手说：好，走了好。我们跟她解释不清，又不敢给她看小舅没有头颅的躯体。外婆就固执地认为大头是去那儿了，说：走了好，那儿好哇！

那天的雪花出奇的大，一片一片都跟小孩手掌似的。雪花直直地泼下来，不一会儿就把大地给抹平了。那是憋了一冬的雪，所以才格外地激烈和肃穆，格外地庄严和洁白。

两天以后，矿机厂把职工的房产证退还给了大家。五天以后，港龙公司宣布撤出矿机厂。这年年底，也是这么个下雪天，市里忽然放起了炮仗，离过年还好些日子呢，居然噼里啪啦炸了一夜。后来才听说，市头头被抓进去好几个。

矿机厂也来了一个调查组。据说调查组讲了两个"没想到"：一是没想到一个停产几年的工厂能保养得这么好（不知是什么人，居然还去保养设备）；二是没想到矿机厂这支队伍还是这么整齐。

有这么光明的一个结局，我想，小舅也该瞑目了吧。

《当代》2004 年第 5 期

喊　山

葛水平

太行大峡谷走到这里开始瘦了，瘦得只剩下一道细细的梁。从远处望去赤条条的青石头悬壁上下，绕着几丝儿云，像一头抽干了力气的骡子，瘦得肋骨一条条挂出来，挂了几户人家。

这梁上的几户人家，平常说话面对不上面要喊，喊比走要快。一个在对面喊，一个在这边答，隔着一条几十米直陡上下的深沟声音倒传得很远。

韩冲一大早起来，端了碗，吸溜了一口汤，咬了一嘴黄米窝头冲着对面口齿不清地喊："琴花，对面甲寨上的琴花，问问发兴割了麦，是不是要混插豆？"

对面发兴家里的琴花坐在崖边上端了碗汤喝，听到是岸山坪的韩冲喊，知道韩冲想过来在自己的身上欢快欢快。斜下碗给鸡泼过去碗底的米渣子，站起来冲着这边喊："发兴不在家，出山去矿上了，恐怕是要混插豆。"

这边厢韩冲一激动，又咬了一嘴黄米窝头，喊："你没有让发兴回来给咱弄几个雷管？獾把玉茭糟害得比人掰得还干净，得炸炸了。"

对面发兴家里的喊："矿上的雷管看得比鸡屁股还紧，休想抠出个蛋来。上一次给你的雷管你用没啦？"韩冲咽下了黄米窝头口齿清爽地喊："收了套就没有下的了。"

对面发兴家的喊："收了套，给我多拿几斤獾肉来呀！"

韩冲仰头喝了碗里的汤站起来敲了碗喊："不给你拿，给谁？你是獾的丈母娘啊。"

韩冲听得对面有笑声浪过来，心里就有了一阵紧一阵的高兴。哼着秧歌调往粉房的院子里走，刚一转身，迎面碰上了岸山坪外地来落户的腊宏。腊宏肩了担子，担子上绕了一团麻绳，麻绳上绑了一把斧子，像是要进后山圪梁上砍柴。韩冲说："砍柴？"腊宏说："呵呵，砍柴。"两个人错过身体，韩冲回到屋子里驾了驴准备磨粉。

腊宏是从四川到岸山坪来落住的，到了这里，听人说山上有空房子就拖儿带女的上来了。岸山坪的空房子多，主要是山上的人迁走留下来的。以往开山，煤矿拉坑木包了山上的树，砍树的人就发愁没有空房子住，现在有空房子住了，山上的树倒没有了，獾和人一样在山脊上挂不住了就迁到深沟里，人寻了平坦地儿去，獾寻了人不落脚踪的地儿藏。腊宏来山上时领了哑巴老婆，还有一个闺女一个男孩。腊宏上山时肩上挑着落户的家当，哑巴老婆跟在后面，手里牵着一个，怀里抱着一个，哑巴的脸蛋因攀山通红透亮，平常的蓝衣，干净、平展，走了远路却看不出旅途的尘迹来。山上不见有生人来，惹得岸山坪的人们稀罕得看了好一阵子。腊宏指着老婆告诉岸山坪看热闹的人，说："哑巴，你们不要逗她，她有羊角风病，疯起来咬人。"岸山坪的人们想：这个哑巴看上去寡脚利索的，要不是有病，要不是哑巴，她肯定不嫁给腊宏这样的人。话说回来，腊宏是个什么样的人——瓦刀脸，干巴精瘦，豆豆眼，干黄的脸皮儿上有害水痘留下来的窝窝。韩冲领着腊宏转一圈子也没有找下一个合适的屋，转来转去就转到韩冲喂驴的石板屋子前，腊宏停下了。

腊宏说："这个屋子好。"韩冲说："这个屋子怎么好？"腊宏说："发家快致富，人下猪上来。"韩冲看到腊宏指着墙上的标语笑着说。标语是撤乡并镇村干部搞口号让岸山坪人写的，当初是韩冲磨粉的粉房，磨房主要收入是养猪致富。韩冲说："就写个养猪致富的口号。"写字的人想了这句话。字写好了，韩冲从嘴里念出来，越念越觉得不得个劲，这句话不能细琢磨，细琢磨就想笑。韩冲不在里磨粉了，反正空房子多，就换了一个空房子磨粉。韩冲说："我喂着驴呢，你看上了，我就牵走驴，你来住。"韩冲可怜腊宏大老远的来岸山坪，山上的条件不好，有这么个条件还能说不满足人家？腊宏其实不是看中了那标语，他主要是看中了房子，石头房子离庄上远，他不愿意抬头低头的碰见人。

住下来了，岸山坪的人们才知道腊宏人懒，腿脚也不勤快。其实靠山吃山的庄稼人，只要不懒，哪有山能让人吃尽的。但腊宏常常顾不住嘴，要出去讨饭。出去大都是腊月天正月天，或七月十五八月十五，赶节不隔夜，大早出去，一到天黑就回来。腊宏每天回来都背一蛇皮袋从山下讨来的白馍和米团子，山里人实诚，常常顾不上想自己的难老想别人的难，同情眼前事，恓惶落难人。哑巴老婆把白馍切成片，把米团子挖了里边的豆馅，摆放在有阳光的石板上晒。雪白的馍、金黄的米团子晒在石板地上，走过去的人都要回过头咧开嘴笑，笑哑巴聪明，知道米团子是豆馅，容易早坏。

腊宏的闺女没有个正经名字，叫大。腊月天和正月天，岸山坪的人会看到，腊宏闺女大端了豆馅吃，紫红色的豆馅上放着两片酸萝卜。韩冲说："大，甜馅儿就着个酸萝卜吃是个什么味道？"大以为韩冲笑话她就翻他一眼，说："龟儿子。"韩冲也不计较她骂了个啥，就往她碗里夹了两张粉浆饼子，大扭回身快步搂了碗，进了自己的屋里，一会儿拽着哑巴出来指着韩冲看，哑巴乖巧的脸蛋冲韩冲点点头，咧开的嘴里露出了两颗龅牙，吹风露气地笑，有一点感谢的意思。

韩冲说："没啥，就两张粉浆饼子。"

韩冲给岸山坪的人解释说："哑巴不会说话，心眼儿多，你要不给她说清楚，她还以为害她闺女呢。"

挖了豆馅的米团子，晒干了，煮在锅里吃，米团子的味道就出来了。哑巴出门的时候很少，岸山坪的人觉得哑巴要比腊宏小好多岁，看上去比腊宏的闺女大不了几岁，也拿不准到底小多少岁。哑巴要出门也是在自己的家门口，怀里抱着儿，门墩上坐着闺女，身上衣服不新却看上去很干净，清清爽爽的小样儿还真让青壮汉们回头想多看几眼。两年下来，靠门墩的墙被磨得亮汪汪的，太阳一照，还反光，打老远看了就知道是坐门墩的人磨出来的。

岸山坪的人不去腊宏家串门，腊宏也不去岸山坪的人家里串门。有时候人们听见腊宏打老婆，打得很狠，边打还边叫着："你敢从嘴里蹦一个字儿出来，老子就要你的命！"岸山坪的人说，一个哑巴你倒想让她从嘴里往出蹦一个字儿？

有一次韩冲听到了走进去，就看到了腊宏指着哆嗦在一边的哑巴喊着"龟儿子，瓜婆娘"，看着韩冲进来了，反手捏了两个拳头对着他喊起来："谁敢来管我们家的事情，我们家的事情谁敢来管!"腊宏平常见了人总是笑脸，现在一下黑了脸，看上去一双豆豆眼聚在鼻中央怪凶的。韩冲扭头就走，边走边大气不出地回头看，怕走不利索身上沾了什么晦气。

现在韩冲驾了驴准备磨粉，他先牵了驴走到院子一角让驴吧嗒两粒驴粪，然后又给驴套上护嘴捂了眼罩驾到石磨上，用漏勺从水缸里捞出泡软的玉菱填到磨眼上。韩冲拍了一下驴屁股，驴很自觉地绕着磨道转开了。

韩冲因为家境穷，三十岁了还没有说上媳妇，想出去当女婿，出去几次也没有找到合适的家户，反复几年下来就这么耽搁了。也不是说韩冲长得不好，总体看上去比例还算匀称，主要问题还是山上穷，山下的哪个闺女愿意上来？次要问题是他和发兴老婆的事情，天下没有不漏风的墙，这种事情张扬出去就不是落到了尘土深处，而是落入了人嘴里，人嘴里能飞出什么好鸟!

头一道粉顺着磨缝挤下来流到槽下的桶里，韩冲提起来倒进浆缸，从墙上摘下箩，筲了粉，一边箩，一边擦着溅在脸上的粉浆，白糊糊的粉浆像梨花开满了衣裳。韩冲想：都说我身上有股老浆气，女人不喜欢挨，我就闻着这个味道好，琴花也闻着这味道好。一想到琴花，想到黑里的欢快，他就鸟一样吹了两声口哨。他筲下来的粉叫第二道粉，也是细粉，要装到一个四方白布上，四角用吊带拎起来吊到半空往外淋水，等水淋干了，一块一块掰下来，用专用的荆条筐子架到火炉上烤。烤干了打碎就成了粉面，和白面豆面搭配着吃，比老吃白面好，也比老吃玉茭面细，可以调换一下口味。

甲寨和沟口附近的村子，都拿玉茭来换粉面。韩冲用剩下来的粉渣喂猪，一窝七八头猪，单纯用粮食喂猪是喂不起的，韩冲磨粉就是为了赚个喂猪的粉渣。做完这些活儿，韩冲打了个哈欠给驴卸了眼罩和护嘴，牵了出来拴到院子里的苹果树上，眯了眼睛望了望对面，想找一个人。没想到他想找的人现在也在崖边上往这边看，他赶紧三步并两步，用手抠着衣服上的白粉浆往崖头上走，远远地他就看见了他现在最想要找的人——发兴的老婆琴花。

"韩冲，傍黑里记着给我舀过一盆粉浆来。"

琴花让韩冲舀粉浆过去，韩冲就最明白是咋回事了，心里欢快地跳了一下，他知道这是叫他晚上过去的暗号。还没等得韩冲回话，就听得后山圪梁的深沟里下的套子轰地响了一下，韩冲一下子就高兴了起来，对着对面崖头上的琴花喊："前晌等不得后晌，崩了，吃什么粉浆，你就等着吃獾肉吧！"

韩冲扭头往后山跑，后山的山脊越发的瘦，也越发的险，就听得自己家的驴应着那一声爆炸，惊得"哦啊，哦啊"地叫。

韩冲抓着荆条往下溜，溜一下屁股还要往下坐一下。韩冲当时下套的时候，就是冲着山沟里人一般不进去，獾喜欢走一条道，从哪里来到哪里去，一点弯道都不绕。獾拱土豆，拱过去的你找不到一个土豆，拱得干干净净，獾和人一样就喜欢认死理。韩冲溜下沟走到了下套的地方，发现下套的地方有些不对劲，两边有两捆散开了的柴，有一个人在那里躺着哼哼。韩冲的头霎时就大了，满目金星出溜出溜地往出冒。

炸獾炸了人了！炸了谁啦？

韩冲腿软了下来问："是谁？"

"韩冲，你个龟儿子，你害死我了。"

听出来了，是腊宏。

韩冲奔过去，看到套子的铁夹子夹着腊宏的脚丢在一边，腊宏的双腿没有了。人歪在那里，两只眼睛瞪着比血还红。韩冲说："你来这里干啥来啦？"腊宏抬起手指了指前面，前面灌木丛生，有一棵野毛桃树，树上挂了十来个野毛桃果，有一个小松鼠鬼鬼祟祟朝这边瞅。韩冲回过头，看到腊宏歪了头不说话了，他忙把腊宏背起来往山上走，腊宏的手里捏了把斧头，死死地捏着，在韩冲的胸前晃，有几次灌木丛挂住了也没有把它拽落。

韩冲背了腊宏回到村里，山上的男女老少都迎过来，看背上的腊宏黄锈的脸上没有一丝儿血色。把他背进了家放到炕上，他的哑巴老婆看了一眼，紧紧地抱了怀中的孩子扭过头去，弯下腰呕吐了一地。听得腊宏轻轻地咳嗽了一声，哑巴抬起身迎了过来，韩冲要哑巴倒一碗水，哑巴端过来水，突然腊宏的斧头照着哑巴砍了过去。腊宏用了很大的劲，嘴里还叫着："龟儿子你敢！"韩冲看到哑巴一点也没有想躲，腊宏的劲儿看见猛，实际上斧头的重量比他的劲儿要冲，斧头咣当垂直落地了。哑巴手里的一碗水也落地了。腊宏的劲儿也确实是用猛了，背过一口气，半天那气丝儿没有拽直，张着个嘴歪过了脑袋。韩冲没敢多想跑出去紧着招呼人绑担架要抬着腊宏下山去镇医院，岸山坪的人围了一院子抻着脖子看，对面甲寨崖边上也站了人看，琴花喊过话来问："炸了谁啦？"

这边上有人喊："炸了讨吃的了！"

他们管腊宏叫讨吃的。

琴花喊："炸没人了，还是有口气？"

这边上的说："怕已经走到奈何桥上了。"

韩冲他爹扒开众人走进屋子里看，看到满地满炕的血，捏了捏腊宏的手还有几分柔软，拿手背儿探到鼻子下量了量，半天说了声："怕是没人了。"

"没人了。"话从屋子里传出来。

外面张罗着的韩冲听了里面传出来的话，一下坐在了地上，驴一样"哦啊，哦啊——"地号起来。

炸獾却炸死了腊宏，韩冲成了岸山坪第二个惹出命案的人。

这两三年来，岸山坪这么一块小地方已经出过一桩人命案了。两年前，岸山坪的韩老五出外打工回来，买了本村未出五服的一个汉子的驴，结果驴牵回来没几天，那驴就病死了。两人为这事纠缠了几天，一天韩老五跟这汉子终于打了起来。那韩老五性子烈，三句话不对，手里的镰刀就朝那汉子的身子去了，只几下，就要了人家的命。山里人出了这样的事，都是私下找中间人解决，不报案。山里人知道报案太麻缠，把人抓进去，就是毙了脑瓜，就是两家有了仇恨，最终顶个屁用？山里的人最讲个实际，人都死了，还是以赔为重。村里出了任何事，过去是找长辈们出面，说和说和，找个都能接受的方案，从此息事宁人。现在有了事，是干部们出面，即使是出了命案，也是如此，如法炮制。韩老五不是最终赔了两万块钱就拉倒了事。

如今腊宏死了，他老婆是哑巴，孩子又小，这事咋弄？岸山坪的人说，人死如灯灭，活着的大小人以后日子长着呢，出俩钱买条阳关道，他一个讨吃的又是外来户，价码能高到哪儿去？

这天韩冲把山下住的村干部一一都请上来，干部们随韩冲上了岸山坪，一路上听事情的来龙去脉，等走上岸山坪时，已了解得八九不离十了。

看了现场，出门找了一个僻静的地方站下来，商量了一阵子，认为最好的办法是按这里的规矩来办。他们责成会计王胖孩来当这件事情处理的主唱：一来他腿脚勤；二来这种事情不是什么好事，一把二把手不便出面；三来这王胖孩的嘴比脑子翻转得快。

返进屋里坐下，王胖孩用手托着下巴颏对哑巴说："你们住的这房是韩冲原来的吧？韩冲对你家腊宏应该是不错吧？他俩没仇没恨吧？腊宏因为砍柴误踩了韩冲的套子，这种事谁也没有料到吧？"咳嗽了一声，旁边的一个突然想起了什么，有些摸不着深浅地问："你是哑巴？都说哑巴是十哑九聋，不知道你是听得见还是听不见？要是听见了就点一下头，要是听不见说也白说。"村干部和韩冲的眼光集体投向哑巴，就看到那哑巴居然慌悚悚地点了一下头。

干部们惊讶得抬直身体嗽了一声，王胖孩舔了舔发干的嘴片子，尽量摆正态度把话说普通了："这么说吧，你男人的确是死了……不容置疑。"

说到这里就看到腊宏老婆打了个激灵。王胖孩长叹一声继续说："真是生死由命，富贵在天哪。你说骂韩冲炸獾炸了人了吧，他已经炸了，你说骂腊宏福薄命贱吧，他都没命了。这事情的不好办就是活的人活着，死的人他到底死了，活的人咱要活，死的人咱要埋，是吧？这事情的好办是，你不是一个不讲道理的妇女，你心明眼亮可惜就是不会说话。我们上山来的目的，就是要活的人更好地活着，死的人还得体面地埋掉。你一个哑巴妇女，带了两个孩子，不容易呀。现在男人走了，难！咱首先解决这个难中之难的问题，你相信我这个村干部，就让韩冲埋人，不相信我这个村干部，你就找人写状纸，告。但是，你要是告下来，韩冲不一定会给腊宏抵命，我们这些村干部因为你不是岸山坪的，想管，到时候怕也不好插手，说来你母子仨还是个黑户嘛！"

腊宏的哑巴老婆惊讶地抬起头瞪了眼睛看。王胖孩故意不看哑巴扭头和韩冲说："看见这孤儿寡母了吗？你好好的炸什么獾？炸死人啦！好歹我们干部是遵纪守法爱护百姓一家人的，看你凿头凿脑咋回事似的，还敢炸獾？赶快把卖猪的钱从信用社提出来，先埋了人咱再商量后一步的赔偿问题！"

哑巴像是丢了魂儿似的听着，回头望望炕上的人，再看看屋外屋内的人，哑巴有一个间歇似的默想，少顷，抽回眼睛看着王胖孩笑了一下。

这一笑，让有一种强烈的表现欲望的王胖孩沉默了。哑巴的神情很不合常理，让干部们面面相觑不知道她到底笑个啥。

干部们做主让韩冲把他爹的棺材抬出来装了腊宏，事关重大，他爹也没有说啥。韩冲又和他爹商量用他爹的送老衣装殓腊宏。韩冲爹这下子说话了："你要是下套子炸死我了倒好了，现成的东西都有，你炸了人家，你用你爹的东西埋人家，都说是你爹的东西，但埋的不是你爹，这比埋你爹的代价还要大，哼！"

韩冲的脸儿埋在胸前不敢答话，他爹说："找人挖了坟地埋腊宏吧，村干部给你一个台阶还不赶快就着下，等什么？你和甲

171

寨上的娘儿们混吧,混得出了人命了吧?还搭进了黄土淹没脖子的你爹。你咋不把脑袋埋进裤裆里!"说完,韩冲爹从木板箱里拽出大闺女给他做好的送老衣,摔在了炕上。

把腊宏装殓好,棺材准备起了,四个后生喊:"一二,起!"抬棺材的铁链子突然断了,抬棺材的人说:"日怪,半大个人能把铁链子拉断,是不是家里不见个哭声?"

哑巴是因为哭不出声,女儿儿子是因为太小,还不知道哭。王胖孩说:"锣鼓点一敲,大幕一拉,弄啥就得像啥!死了人,不见哭声叫死了人吗?这还是咱们的工作没有做好,这样吧,去甲寨上找几个女人来,村里花钱。"

马上就差遣人去甲寨上找人,哭妇不是想找就能找得到,往常有人不在了,论辈分往下排,哭的人不能比死的人辈分大。现在是哭一个外来的讨吃的,算啥?

女人们就不想来,韩冲一看只好一溜儿小跑到了甲寨上找琴花。进了琴花家的门,琴花正在做饭。听了韩冲的来意后,琴花坐在炕上说:"我哭是替你韩冲哭,看你韩冲的面,不要把事情颠倒了,我领的是你韩冲的情,不是冲村干部的面子。"

韩冲说:"还是你琴花好。"

看到门外有人影儿晃,琴花说:"这种事给一头猪不见得有人哭。这不是喜丧,是凶丧。也就是你韩冲,要是旁人我的泪布袋还真不想解口绳呢。"

门外站着的人就听清了——琴花要韩冲出一头猪,这可是天大的价码。

琴花见韩冲哭丧个脸,一笑,从箱子里拽了一块枕巾往头上一蒙,就出了门。

走到岸山坪的坡顶上看了一眼黑压压的人群，就扯开了喉咙："你死得冤来死得苦，讨吃送死在了后梁沟——"

村干部一听她这么样的哭，就要人过去叫她停下来——这叫哭吗？硬邦邦的没有一点情感。

琴花马上就变了一个腔："水流千里归大海，人走万里归土埋，活归活呀死归死，阳世咋就拽不住个你？呀喂——呵呵呵。"

琴花这么一哭把岸山坪的空气都抽拽得麻悚起来，有人试着想拽了琴花头上的枕巾看她是假哭还是真哭，琴花手里拎着一根干柴棍抡过去敲在那人的屁股蛋上，就有人捂了嘴笑。琴花干哭着走近哑巴，看到哑巴不仅没有泪蛋子在眼睛里滚，眼睛还望着两边的青山。琴花哭了两声不哭了，你的汉子你都不哭，我替你哭你好歹也应该装出一副丧夫的样子吧。

埋了腊宏，王胖孩叫来几个年长的坐下商量后事，一干人围着石磨开始议事。比如，这哑巴和孩子谁来照顾，怎么个照顾法，都得立个字据。韩冲说："最好一次说断了，该出多少钱我一次性出够，要连带着这么个事，我以后还怎么样讨媳妇？"大伙研究下来觉得是个事情，明摆着青皮后生的紧急需要，事是不能拖泥带水，得抽刀斩水。

一个说："事情既出由不得人，也是大事，人命关天，红嘴白牙说出来的就得有个道理！"

一个说："哑巴虽然哑巴，但哑巴也是人。韩冲炸了人家的男人了，毕竟不是他有意想炸，既然炸了，要咱来当这个家，咱就不能理偏了哑巴，但也不能亏了韩冲。"

一个说："毕竟和韩老五打架的事情不是一个年头了，怕不怕老公家怪罪下来?"

一个说:"现在的大事小事不就是俩钱吗,从光绪年到现在哪一件不是私了?有直道儿不走,偏走弯道儿。老公家也是人来主持嘛,要说活人的经验不一定比咱懂多少,舌头没脊梁来回打波浪,他们主持得了这个公道吗?"

王胖孩说:"话不能这么说,咱还是老公家管辖下的良民嘛!"

王胖孩要韩冲把哑巴找来,因为哑巴不说话,和她说话就比较困难。想来想去想了个写字,却也不知道她是否认字。王胖孩找了一本小学生的写字本和一支铅笔,在纸上工工整整写了一行字,递过来给哑巴看。

哑巴看了看,取过笔来,也写了一行字递过去。韩冲因为心里着急抻过去脖子看,年长的因为稀罕也抻过脖子,发现上面的第一行是村干部写的:"我是农村干部,王胖孩,你叫啥?"后一行的字歪歪扭扭写了:"知道,我叫红霞。"

所有的人对视了一下,稀罕这个哑巴不简单,居然识得俩字。

"红霞,死的人死了,你计划怎么办?要多少钱?"

"不要。"

"红霞,不能不要钱。社会是出钱的社会,眼下农村里的狗都不吃屎了,为什么?就因为日子过好了呀,钱是啥?是个胆儿,胆气不壮,怕米团子过几天你母子仨也吃不上了。"

"不要。"

"红霞妇女,这钱说啥也得要,只说是要多少钱?你说个数,要高了韩冲压,要少了我们给你抬,叫人来就是为了两头取中间，主持这个公道。"

"不要。"

小学生写字本上三行字歪歪扭扭看上去很醒目，大伙儿觉得这个红霞是气糊涂了，哪有男人被人搞死了不要钱的道理？要知道这样的结果还叫人来干啥？写好的字条递给韩冲，要他看了拿主意，使了一下眼儿，两个人站起来走了出去。收住脚步，王胖孩说："她不是个简单的妇女，不敢小看了，她想把你弄进去。"韩冲吓了一跳，脚尖踢着地面张开嘴看王胖孩。王胖孩歪了一下头很慎重地思忖了一下说："哪有给钱不要的道理，你说。她不是想把你弄进去是什么？"韩冲越发不知道该说什么了。王胖孩指着韩冲的脸说："要暖化她的心，打消她送你进去的念头，不然你一辈子都得背着个污点，有这么个污点你就甭想说上媳妇。"韩冲闭上嘴，咽下了一口唾沫，唾沫有些划伤了喉咙，火辣辣地疼。

"这几天，你只管给哑巴送米送面。你知道，我也是为你好，让老公家知道了，弄个警车来把你带走了，你前途毁了，以后出来怎么做人？趁着对方是个哑巴，咱把这事情就哑巴着办了，省了官办，民办了有民办的好处。明白不？"韩冲点了头说："我相信领导干部！"

两个人商量了一个暂时的结果，由韩冲来照顾她们母子仨。返进屋子里，王胖孩撕下一张纸来，边念边写："合同。甲方韩冲，乙方红霞。韩冲下套炸獾炸了腊宏，鉴于目前腊宏媳妇神志不清的情况，不能够决定赔偿问题，暂时由韩冲来负责养活她们母子仨，一日三餐，吃喝拉撒，不得有半点不耐烦，直到红霞决定了最后的赔偿，由村干部主持，岸山坪年长的有身份的人最后

175

得出结果才能终止合同。合同一方韩冲首先不能毁约，如红霞对韩冲的照顾有不满意之处，红霞有权告状，并加倍罚款。"

合同一式两份，韩冲一份，哑巴一份。立据人互相签了字，本来想着要有一番争吵的事情，就这么说断了，岸山坪人的心里有一点盼太阳出来阴了天的感觉，心里结了个疙瘩，莫名地觉得哑巴真的是傻，互相看着都不再想说话了。

送走王胖孩，韩冲折好条子装进上衣口袋，哑巴前脚走，韩冲后脚卸了炉上的粉走进了哑巴家。

进了哑巴家韩冲看到哑巴的房梁上吊下来两个箩筐，箩筐下有细小的丝线拉拽着一条一条的小虫，韩冲知道那箩筐里放的是讨来的晒干了的米团子和白馍。哑巴没有停下手里的活，她手里正拿了一捧米团子放在锅台边，一块一块往下磕上面生的小虫，磕一块往锅里煮一块，锅台上的小虫伸展了身子四下跑，哑巴端下锅，拿了笤帚，两下子就把小虫子扫进了火里，坐上锅，听得噗噗的响。

韩冲眯缝着眼睛歪着脖子说："这哪是人吃的东西。"提下了箩筐走出去倒进了自己的猪圈里，猪好久没有换口味了，唗巴着干邦硬的米团子，吐出来吞进去，嘴片子错得吧唧吧唧响。韩冲给哑巴提过来面和米，哑巴拉了闺女和孩子笑着站在墙角看他一头汗水地进进出出。韩冲想，你这个哑巴笑什么，我把你汉子炸了你还和我笑，但他不敢多说话，只顾埋头干他的活。

这时候就有人陆续走上岸山坪来看哑巴的孩子，有的想收留哑巴的孩子，有的干脆就想收留哑巴。韩冲装作没看见，他想要是真有人把哑巴收留了才好，她一走我就啥也不用赔了。但哑巴这时候面对来人却很决绝地把门关上了。

王胖孩又来到了岸山坪，要韩冲叫了年长的和有些身份的人走进了哑巴的家。王胖孩坐下来看着哑巴说："今天我来是给你做主，有啥你就说。"韩冲坐到门墩上琢磨着这个事情该怎么开头，说什么好。就听得王胖孩说："咱打开天窗说亮话，不绕弯子了，这理说到桌面儿上是欠了人家一条命，等于盖屋你把人家的大梁抽了，屋塌了。现在，你一个孤寡妇女，又是哑巴，带着俩孩子，容易吗？要我说就一个字——难。红霞，老话重提，你说出个数字来，要多少？"

　　哑巴抬起头拿过一根点火的麻秆来在石板地上写了两黑字——不要。村干部接过麻秆来，大大地在地上写了两个字——两万。韩冲低下头看，请来的也低下头看，抬起头互相点了点头，大意是有了韩老五的事情在前面做样板，这样的处理结果也是说得过去的。韩冲说话了："胖孩哥，两万块暂时拿不出，能不能分期付？如果不行，就得给我政策，让我贷。"

　　王胖孩想了半天说："上头的政策主要是鼓励农民贷款致富，哪有让你贷款用来买命的？这事要说也没有个啥，摆到桌面上就是个事。你是不是到对面的甲寨上找一找发兴，他儿在矿上，煤炭现如今效益不错，他家里想来是有货的，借一借嘛。琴花虽然是出了名的铁公鸡，毕竟是喝过你的粉浆，吃过你的獾肉，还是你的相好，你炸死的这个人用的雷管还是她提供的，咱嘴上不说，她是脱不了干系的。"

　　韩冲不好意思地低下了头。

　　事情说到这里，王胖孩和哑巴红霞说："按我的意思来，你不要，不等于我们不懂，我们不懂就是欺负你了，这不符合山里人的作风。等韩冲凑够了钱，我再到这山上来亲手递给你。咱这事情就算结束，你也好准备你的退路。一个妇道人家没有男人帮衬，哪能行啊！韩冲，话说回来大家是为了你办事，光跑腿我就跑了几趟，你小子懂个眼色不懂？"

韩冲大眼儿套小眼儿看着王胖孩，王胖孩举起手里的麻秆说："这，缩小了像个啥？"韩冲想，像个啥？哑巴从王胖孩手里拿过麻秆来掰下前面点黑了的一小截，叼在嘴上咂吧了两口，韩冲明白了，他是想要烟呢。稀罕得岸山坪的长辈们放下手中的旱烟锅子看哑巴，哑巴看得不好意思了低下了头。

韩冲赶紧出去到代销点上买了两条烟递给了王胖孩。王胖孩说："这是啥意思？乡里乡亲的弄这？"说罢，掰开一条烟给坐着的长辈一人发了一包，自己把剩下的夹在腋窝下起身走了。

长辈们看着手里的烟，咧开嘴笑着，心里却不是个滋味，啥也没表态走了两步路就赚了一包烟，很是有点不好意思。韩冲说："算个啥嘛，都是德高望重的人，就是没事我韩冲也应该孝敬你们！"

借钱的事情很简单，也很复杂，简单得就像天上的一颗太阳，无际蓝天，没有鸟飞翔，看上去空旷；复杂得突然就乱云飞渡，飞渡的云不是瓦片和挠钩状儿，是黑云压山，兜头浇得韩冲凉冰冰的。

韩冲去对面的甲寨上，要下了沟，绕出山，再转回来上对面，大约要一个半钟点。

这地方的人叫吃亏不叫吃亏，叫吃家死，韩冲这一回借钱就吃了大家死。

走上甲寨人们就说："韩冲，还敢不敢下套子啦？胆子大呀，那讨吃的下那深沟做啥去了，活该要他的命。"韩冲挠了挠头发，呵呵笑了一下，很不舒展。不断有人问，韩冲就不断很不舒展地"呵呵"。

走进发兴的院子里，看到发兴坐在小马扎上抽旱烟，烟锅子在地上磕了一下子，说："你来了，稀客。有啥事不喊要过沟来说？我可是头一回见你大白天来。也是的，炸獾咋就炸了人啦？"

韩冲说："话不能这样说，大白天不来搭黑来干啥？老哥你就不要瞎猜了，人倒霉了放个屁都砸脚后跟。我也思谋着他下那沟做甚了，两捆柴好好的摔在一边，手里握着一把斧头不丢，看见我眼睛瞪得快要出血，恨不能把我吃掉。不过话说回来，咱是断了人家哑巴的疼了。"

琴花撩开碎布头拼成好看的门帘出来，说："韩冲，以后不要下套子了，那獾又不是光吃你的玉茭，你把人炸了，亏得他是外来的，要是本地的，不让你抵命才怪。"

韩冲低下头看着自己的脚尖，鞋是一双解放球鞋，因为旧了，剪了前边和后边，当凉鞋穿。韩冲看着看着就想把过来的意思挑明。韩冲说："我过来是有个事情求你们两口子帮忙。"

琴花返进去从屋子里端出一罐头瓶水来递给他说："帮啥忙？跑腿找人的事，发兴能帮得上就一定帮。这两天驾驴磨粉啦？你不要因为这事把猪饿了，该做啥还做啥，腊月里我大儿要订婚，还想借你一头猪下酒席呢。你要赶不上喂，赶过来我喂，秋口上卖了咱二一添做五分。"

韩冲抬起头看琴花，琴花脸上挂着笑，嘴角上的一颗黑土眼（痣）翘起来顶在鼻子边。韩冲想，琴花脸上的这个黑土眼坏了她好几分人才。

发兴说："事情最后怎么处理了，说了个甚解决办法？听说有人上来说哑巴，女人要是没有了男人，小腰就断了，就拖不动腿了，也怪可怜的。"

琴花说："傻哑巴不知道哭，看来是真有病，山下有人要她，收拾走算了，省了你来照顾。"

韩冲鼓了鼓勇气说："不瞒你们两口子说，我今儿过来这甲寨上就是想和你们打凑俩钱，给哑巴。救个急，误不了你娶儿媳妇，我韩冲是说话算话的。"

一听说是借钱，琴花就示意发兴闭嘴。琴花走到韩冲的面前看着他说："说起来是应该帮忙，出了这么大的事情，哎呀，我当时就不敢过去看那死鬼，听人说，下半截整个都没啦？吓死了。事情是出了，有事说事，按道理是得赔人家，是不是？按道理谁能帮上忙就帮忙，乡里乡亲的，抬头不见低头见，谁家不出个事？古话说了，有啥别有事，没啥别没钱，两件事都让你摊上了。可有些事情摊上了，还真是帮不上你这个忙。我给你说吧，腊月里要给大儿订婚正月里不娶，明年秋口上也得娶，如今说个媳妇容易吗，屁股后捧着人家还要脱落，敢松口气？我要是真有钱我还真舍得借你，不怕你不还，可就是没有钱，活了个人带了个穷命，难哪！"

韩冲看着琴花的嘴一张一合的，想自己还亲过这张嘴，嘴里的舌头滑溜溜，有时候也咬一下韩冲的下嘴片子，到韩冲的忘情处会说，人家都穿七分裤了，你也给我买一条穿穿，我是二尺四的腰，要小方格子的面料。韩冲会说，穿那干啥，不好看，憋得屁股和两瓣瓣蒜一样。琴花说，你不买，你就给我下来，我看你哪头难受！韩冲在她身上正忙着，只好忙说，买买。

韩冲你给我买一盒舒肤佳香胰子，韩冲你给我看看我的肚皮是不是松得厉害了，我也想买条裹腹裤。韩冲，我除了不和你住一个屋子，住一个屋子里干的事，咱都干了，也就等于是一家人了，你赚了钱就给我花，我从心里疼你……

韩冲看着琴花心想你身上穿的从里到外哪一样不是我买的，你琴花疼我啦？疼我什么啦？关键的时候，说到钱的时候，你就不和我一心了。

发兴说："这事情不是帮忙不帮忙的事情，是帮不了这忙，是人命关天。小老弟，都怪你炸什么獾嘛！"

韩冲想，也就是呀，炸什么獾嘛！

琴花的短腿直着一条，斜着一条，直着的硬邦邦地站着，斜着的抖抖地闪，闪得人心中想生气。韩冲说："看在以往的面子上，你们就帮我一回吧，我炸死人，要不是你给我雷管，我拿什么炸他？"

琴花一下把斜着的那条腿收了回来指着韩冲说："以往怎么啦，以往就吃了你几次粉浆，当是什么好东西呀，给猪吃的东西，从崖下吊给我吃，讨你什么便宜啦？韩冲，不是说不借给你钱，是没有东西借给你，你当是清明上坟托鬼洋，八月十五打月饼，找个模子就现成？我是给你雷管了，我叫你韩冲炸人啦？你炸死人怨我的雷管，笑话！既然说到这个份儿上了，我哭讨吃的那头猪不要了，落得送你个人情。"

韩冲说："我多会儿说要送你一头猪啦？"

发兴说："装傻，谁都知道你要给一头猪！要说讨便宜，你是讨了大便宜了，别说是一头猪，十头猪你也不吃家死。别人不知道，我是心知肚明。"

琴花打断了发兴的话："你心知个啥，肚明个啥？不会说不要抢着说。"

韩冲端起罐头瓶一口喝了瓶里的水说："我也就是到了困难的时候了吧，才找你们来张嘴，张一回嘴容易吗？张开了难合住，给个面子，没多总有个少吧？这沟里就你们还有俩钱，我也是屎憋到屁股门上了，我要有二指头奈何也不会张嘴求人，琴花求你了！"

琴花说："韩冲，我是真想帮你这个忙，可就是心有余而力不足，十块八块的又不顶个事情办，三千两千的我还真没有见过，要有就借你了，丑话说到头了，你走吧，甲寨上的人在大门外看咱的笑话呢。"

韩冲站了起来要走，琴花又说话了："你欠我多少，不是一头猪能还得了的，走归你走，但你得记清楚了。"这一句话说得不是时候，琴花的本意是想说，要是还想着我，你就来，来就得带零花儿来。可说这话不是个地方，韩冲都快急得火烧眉毛了他哪里能绕过这个弯。

韩冲一下站住了说："两清了。这钱我不借了，你有本事继续要你的本事，隔着崖，你是甲寨上的，我是岸山坪的，井水不犯河水。发兴，你老婆本事大呀。"

琴花的脸霎时就青了，这叫人话吗？得了便宜卖乖，不借你钱，舌头就长刺了，这就让琴花难咽这口气。

琴花说："站住，韩冲！"一下就扑过去跳起来照着韩冲的脸捆了一个巴掌，韩冲没有防备，一下就怔住了。

韩冲说："不借钱就算了，你还打我，我打你吧，我不君子，不打你吧你太张狂了，跳起来打，不够三尺高的人就是毒。我拿雷管炸了人，那雷管我有吗？还不是你给的！"

发兴站起来拖住了琴花，琴花兜头给了发兴一巴掌，跳着脚跑出院外，甲寨上看热闹的人自动让了个场地看琴花表演："你个缺德鬼，你害了死人害活人，你炸獾咋就不炸了你，讨吃的哪天说不定就来勾你命了，你等着吧，不在崖下在崖上，不在明天在后天，你死了也要狼拖狗拽了你，五黄六月蛆拱了你！"

韩冲听着身后的叫骂声，踢着地上的石头蛋走，脑子里轰轰响，石头蛋掀了脚指甲盖，也不觉得疼，自己说得好好的，这个婆娘就翻了脸，真是人小鬼大难招架。

这是哑巴第一次出门，她把孩子放到院子里，要"大"看着，她走上了山坡。熏风温软地吹着，她走到埋着腊宏的地垄头上，坟堆有半人多高，她一屁股坐到坟堆堆上，坟堆堆下埋着腊宏，她从心里想知道腊宏到底是不是真的去了。一直以来她觉得腊宏还活着，腊宏不要她出门，她就不敢出门。今儿，她是大着胆子出门了，出了门，她就听到了鸟雀清脆的叫声从山上的树林子里传过来。

哑巴绕着坟堆走了好几圈，用脚踢着坟上的土，嘴里喃喃着一串儿话，是谁也听不见的话。然后坐到地垄上哭。岸山坪的人都以为哑巴在哭腊宏，只有哑巴自己知道她到底是在哭啥。哑巴哭够了对着坟堆喊，一开始是细腔儿，像唱戏的练声，从喉管里挤出一声"啊"，慢慢就放开了，唢呐的冲天调，把坟堆都能撕烂，撕得四下里走动的小生灵像无头的苍蝇一样乱往草丛里钻。哑巴边喊边大把抓了土和石块砸坟头，她要砸出坟头下的人问问他，是谁让她这么无声无息地活着？

远远地看到哑巴喊够了像风吹着的不倒翁回到了自己的院子里，人们的心才放到了肚子里。哑巴取出从不舍得用的香胰子，好好洗了洗头，洗了脸，找了一件干净的衣服换上出了屋门。哑巴走到粉房的门口，没有急着要进去，而是把头探进去看。看到韩冲用棍搅着缸里的粉浆，搅完了，把袖子挽到臂上，拿起一张大箩开始箩浆。手在箩里来回搅拌着，落到缸里的水声哗啦啦，哗啦啦地响，哑巴就觉得很温暖。哑巴大着胆子走了进去，地上的驴转着磨道，磨眼上的玉茭塌下去了，哑巴用手把周围的玉茭填到磨眼里，她跟着驴转着磨道填，转了一圈才填好了磨顶上的玉茭。哑巴停下来抬起手闻了闻手上的粉浆味儿，是很好闻的味儿，又伸出舌头来舔了舔，是很甜的味道，哑巴咧开嘴笑了。

这时候韩冲才发现身后不对劲，扭回头看，看到了哑巴的笑，水光亮的头发，白净的脸蛋，她还是个很年轻的女人嘛，大大的眼睛，鼓鼓的腮帮，翘翘的嘴巴。韩冲把地里看见的哑巴和现在的哑巴做了比较，觉得自己是在梦里，用围裙擦着手上的粉浆说："你到底是不是个傻哑巴。"哑巴吃惊地抬起头看，驴转着磨道过来用嘴顶了她一下，她的腰身呛了一下驴的鼻子，驴打了个喷嚏，她闪了一下腰。哑巴突然就又笑了一下，韩冲不明白这个哑巴的笑到底是羊角风病的前兆，还是她就是一个爱笑的女人。

大搂着弟弟在门上看粉房里的事情，看着看着也笑了。

哑巴走过去一下抱起来儿子，用布在身后一绕把儿子裹到了背上走出了粉房。

岸山坪的人来看哑巴，觉得这哑巴倒比腊宏活着时更鲜亮了。韩冲箩粉，哑巴看磨，孩子在背上看着驴转磨咯咯咯笑。来看她的人发现她并没有发病的迹象，慢慢走近了互相说话，说话的声音由小到大。谁也不知道哑巴心里想着的事，其实她心里想的事很简单，就是想走近他们，听听他们说话。

哑巴的小儿子哼唧唧地要撩她的上衣，哑巴不好意思抱着孩子走了。边走孩子边撩，哑巴打了一下孩子的手，这一下有些重了，孩子哇的一声哭了起来。孩子的哭声挡住了外面的吵闹声音，就有一个人跟了她进了她的屋子，哑巴没有看见，也没有听见。孩子抓着她的头发一拽一拽的要吃奶，哑巴让他拽，你的小手才有多重，你能拽妈妈多疼。哑巴把头抬起来时看到了韩冲，韩冲端着摊好的粉浆饼子走过来放到了哑巴面前的桌子上。说："吃吧，断不得营养，断了营养，孩子长得黄寡。"

哑巴指了一下碗，又指了一下嘴，要韩冲吃。韩冲拿着铁勺子梆梆磕了两下子鏊盖，指着哑巴说："你过来看看怎么样摊，日子不能像腊宏过去那样，要来啥吃啥，要学着会做饭，面有好几种做法，也不能说学会了摊饼子就老摊饼子，你将来嫁给谁，谁也不会要你坐吃，妇女们有妇女们的事情，男人们种地，妇女做饭，天经地义。"

哑巴站起来咬了一口，夹在筷子上吹了吹，又在嘴唇上试了试烫不烫，然后送到了孩子的嘴里。哑巴咬一口喂一口孩子，眼睛里的泪水就不争气地开始往下掉。韩冲把熟了的粉浆饼子铲过来捂到哑巴碗里，就看到了梁上有虫子拽着丝拖下来，落在哑巴的头发上，一粒两粒，虫子在她乌黑的头发上一耸一耸地走。孩子抬起手从她的头上拽下一个虫子来，噗的一下捏死了它，一股黄浓的汁液涂满了孩子的指头肚，孩子呵呵笑了一下抹在了她的脸上。哑巴抹了一下自己的脸，搂紧孩子捏着嗓子哭起来。

哑巴一哭，韩冲就没骨头了，眼睛里的泪水打着转说："我把粮食给你划过一些来，你不要怕，如今这山里头缺啥也不缺粮食。我就是炸獾炸死了腊宏，我也不是故意的，我给你种地，收秋，在咱的事情没有了结之前，我还管你们。你就是想要老公家弄走我，我思谋着，我也不怪你，人得学会反正想，长短是欠了你一条命啊！你怕什么，我们是通过村干部签了条子的。"哑巴摇着头像拨浪鼓，嘴里居然还一张一合的，很像两个字："不要！"

岸山坪的人哑巴不认识几个，自打来到这里，她就很少出门。她来到山上第一眼看到的是韩冲，韩冲给他们房子住，给他们地种，给大粉浆饼子吃，腊宏打她韩冲进屋子里来劝，韩冲说："冲着女人抬手算什么男人！"女人活在世上就怕找不到一个好男人，韩冲这样的好男人，哑巴还没有见过。哑巴不要韩冲钱的另一层意思就是想要他管他们母子仨。

韩冲背转身出去了，哑巴站起来在门口望，门口望不到影子了，就抱了儿子出来。她这时看到了韩冲的粉房门前站了好多人，手里拿着布袋，看到韩冲走过去就一下围住了他。韩冲粉房前乱哄哄的，先进去的人扛了粉面急匆匆地出来，后边的人嚷嚷着也要挤进去。一个女人穿着小格子裤也拿着一个布袋从崖下走上来，女人走起路来一摆一摆的，布袋在手里晃着像舞台上的水袖。哑巴看清楚是甲寨上的琴花，琴花替她哭过腊宏，她应该感谢这个女人。

琴花上来了，韩冲他爹在家门口也看见了。昨天韩冲去借钱受了她的羞辱，今日里她倒舞了个布袋还好意思过来，这个不要脸的娘儿们。一个韩冲怎么能对付得了她,好好的三门亲事都黄了,为了啥,还不是为了她。人家一听说韩冲跟甲寨上的琴花明里暗里的好着,这女人对他还不贴心,只是哄着想花俩钱,谁还愿意跟韩冲?名声都搭进去了,韩冲还不明白就里,我就这么一个儿,难道要我韩家绝了户!韩冲爹一想到这,火就起来了,他从粉房里把韩冲叫出来,问他:"你欠不欠你小娘的粉面?"韩冲说:"不欠。"韩冲爹说:"那你就别管了,我来对付这娘儿们。"

琴花过来一看有这么多人等着取粉面,她才不管这些,侧着身子挤了进去。琴花看着韩冲爹说:"老叔,韩冲还欠我一百五十斤玉茭的粉面,时间长了,想着不紧着吃,就没有来取。现在他出事了,来取粉面的人多了,总有个前后吧,他是去年就拿了我的玉茭的,一年了,是不是该还啦?"

韩冲爹抬头看了一眼琴花就不想再抬头看第二眼了,这个女人嘴上的土眼跳跃得欢,欢得让韩冲爹讨厌。韩冲爹头也不抬地说:"人家来拿粉面是韩冲打了条子的,有收条有欠条,你拿出来,不要说是去年的,前年的大前年的欠了你了照样还。"

琴花一听愣了,韩冲确实是拿了她一百五十斤玉茭,拿玉茭,琴花说不要粉面了,要钱。韩冲给了琴花钱。琴花说:"给了钱不算,还得给粉面。"韩冲说:"发兴在矿上,你一个人在家能吃多少,有我韩冲开粉房的一天,就有你吃的一天。"琴花隔三岔五取粉面,取走的粉面在琴花心里从来不是那一百五十斤里的数,一百五十斤是永远的一百五十斤。孩子马上要订婚了,不存上些粉面到时候吃啥,说不定哪天他要真进去了,我和谁去要!

琴花说:"韩冲和我的事情说不清楚,我大他小,往常我总担待着他，一百五十斤玉茭还想到要打条子？不就是百把斤玉茭，还能说不给就不给啦？老叔，你也是奔六十的人了，韩冲他现在在哪儿，叫他来，他心里清楚。他要是真有个三长两短，你说这粉面还真想要昧了我的呢。"

韩冲爹说："我是奔六十的人了，奔六十的人，不等于没有七十八十了，我活呢，还要活呢，粉房开呢，还要开呢！"

看着他们俩的话赶得紧了，等着拿粉面的人就说："不紧着用，老叔，缓缓再说，下好的粉面给紧着用的人拿。"说话的人从粉房里退出来，觉得自己在这个时候来拿也没有个啥，要这女人一点透似乎真有些不大合适，不就是几斗玉茭的粉面嘛。

琴花觉得自己有些丢了面子了，她在东西两道梁上，什么时候有人敢欺负她，给她个难看？没有！她来要这粉面，是因为她觉得韩冲欠她的，不给粉面罢了，还折丑人呢？

琴花说："没听说还有活千年的蛤蟆万年鳖的，要是真那样，咱这圪梁上真要出妖精了。"

韩冲爹说："现在就出妖精了还用得等！哭一回腊宏要一头猪，旁人想都不敢想，你却说得出口，你是他啥人呢？"

琴花说："我不和你说，古话说，好人怕遇上个难缠的，你叫韩冲来。我倒要看他这粉面是给呀不给？"

韩冲爹说："叫韩冲没用，没有条子，不给。"

琴花想和他爹说不清楚，还不如出去找一找韩冲。

琴花用手兜了一下磨顶上放着粉面的筛子，筛子哗啦一下就掉了下来。琴花没有想那筛子会掉下来，她原本只是想吓唬一下老汉，给他个重音儿听听，谁知道那筛子就掉了下来。满地上的粉面白雪雪地淌了一地，琴花就台阶下坡说："我吃不上，你也休想吃！"

韩冲爹从缸里提起搅粉浆的棍子叫了一声："反了你了！"

琴花此时已经走到院子里，回头一看韩冲爹要打她，马上就坐在地上喊了起来："打人啦，打人啦，儿子炸死讨吃的了，老子要打妇女啦！打人啦，打人啦！岸山坪的人快来看啦，量了人家的玉茭不给粉面还要打人啦，这是共产党的天下吗?!"

韩冲爹一边往出扑一边说："共产党的天下就是打下来的，要不怎么叫打江山，今儿我就打定你了！"

哑巴不明白发生了什么事，刚才她回家为琴花做了张粉浆饼子，端了碗站在院边上看，碗里的粉浆饼子散发出葱香味儿，有几丝儿热气缭绕得哑巴的脸蛋水灵灵的，哑巴看着他们俩吵架，哑巴兴奋了。她爱看吵架，也想吵架，管他谁是谁非，如果两个人吵架能互相对骂，互相对打才好。平日里牙齿碰嘴唇的事肯定不少，怎么说也碰不出响儿啊？日子跑掉了多少，又有多少次想和腊宏痛痛快快吵一架，吵过吗？没有，长着嘴却连吵架都不能。哑巴笑了笑，回头看每个人的脸，每个人看他们吵架的表情都不同，有看笑话的，有看稀罕的，有什么也不看就是想看热闹的，只有哑巴知道自己的表情是快乐的。

琴花还在韩冲的粉房门前号，看的人就是没有人上前去拉她。琴花不可能一个人站起来走，她想总有一个人要来拉她，谁来拉她，她就让谁来给她说理，给她证明韩冲该她粉面，该粉面还粉面，天经地义。可是现在没有一个人来拉，她眯着眼睛哭，瞅着周围的人，看谁来伸出一只手。她终于看到了一个人过来了，这一下她就很踏实地闭上了眼睛——过来的人是哑巴。哑巴端了碗，碗里的粉浆饼子不冒热气了。哑巴走到琴花的面前坐下来，两手捧着碗递到埋着头的琴花脸前，哑巴说："吃。"

这一个字谁也没有听见，有点跑风漏气，但是，琴花听见了。

琴花吓了一跳，止住了哭。琴花抬起头来看周围的人，看谁还发现了哑巴会说话了。周围的人看着琴花，不知道这个女人为什么突然噤了声！

琴花木然地接过哑巴手里的碗，碗里的粉浆饼子在阳光下透着亮儿，葱花儿绿绿的，粉饼子白白的，琴花的眼睛逐渐瞪大了，像是什么烫了她的手一下，她叫了一声"妈呀"，端碗的手很决绝地撒开了。地上有几只闲散的走动的觅食的鸡，吓得扑棱了几下翅膀跑开了，扭头看了看发现了地上的粉浆饼子，又很小心地走过来，快速叼到了嘴里，展开翅膀跑了。琴花站起身，看着哑巴，哑巴咧开嘴笑，用手比画着要琴花到她的屋里去。琴花又抬起头看周围的人群，人们发现这琴花就是不怎么样，连哑巴都懂得情分，可她琴花却不领情，连哑巴的碗都摔了。

琴花弯下腰捡起自己的面口袋想，是不是自己听错啦？却觉得自己是没有听错，她突然有点害怕了，一溜儿小跑下了山。岸山坪的人想，这个女人从来不见怕过什么，今儿个怕了，怕的还是一个哑巴。真的没明白。看着琴花那屁股上的土灰，随着琴花摆动的屁股蛋子，一荡一荡的在阳光下泛着土黄色的亮光，弯弯绕绕地去了。

炕上的孩子翻了一下身子蹬开了盖着的被子，哑巴伸手给孩子盖好。就听得大从外面蹦蹦跳跳地进来了。大说："我有名了，韩冲叔起的，叫小书。他还说要我念书，人要是不念书，就没有出息，就一辈子被人打，和娘一样。"哑巴抬起头望了望窗外，黝黑的天光吊挂下来，她看到大手里拿着一包蜡烛，她知道是韩冲给的。

用麻秆点燃了蜡烛找来一个空酒瓶子把蜡烛套进去，有些松。她想找一块纸，大给她拿过来一张纸，她准备卷蜡烛往里塞时，她发现了那张纸是王胖孩给她打的条子，上面有她的签字。她抬起手打了大一下，大扯开嗓子哭，把炕上的孩子也吓醒了。哑巴不管，把卷在蜡烛上的纸小心缠下来，又找了一张纸卷好蜡烛塞进酒瓶里，放到炕头上。拿起那张条子看了半天抚展了，走到破旧的木板箱前，打开找出一个几年前的红色塑料笔记本，很慎重地压进去。哑巴就指望这条子要韩冲养活她母子仨呢，哑巴什么也不要！哑巴反过来摸了大的头一下，抱起了炕上的孩子。这时候就听得院子里走进来一个人，是韩冲。韩冲用篮子提着秋天的玉米棒子放到屋子里的地上，说："地里的嫩玉米煮熟了好吃，给孩子们解个心焦。"

韩冲说完从怀里又掏出半张纸的蚕种放到哑巴的炕上，说："这是蚕种，等出了蚕，你就到埋腊宏的地垄上把桑叶摘下来，用剪刀剪成细丝儿喂。"

蚕种是韩冲给琴花订下的。琴花说："韩冲，给我定半张秋蚕，听说蚕茧贵了，我心里痒，发兴不在家，你给我订了吧。"韩冲因为和琴花有那码子事情，韩冲就不敢说不订。琴花就是想讨韩冲的便宜，人说讨小便宜吃大亏，琴花不管，讨一个算一个，哪一天韩冲讨了媳妇了，一个子儿也讨不上了，韩冲你还能想到我琴花？现在秋蚕下来了，韩冲想，给你琴花订的秋蚕，你琴花是怎么样对我的，还不如哑巴，我炸了腊宏，哑巴都不要赔偿，你琴花心眼小到想要我猪啦，粉面啦，我见了猪，猪都知道哼两哼，你琴花见了我咋就说翻脸就翻脸了呢？

韩冲说："一半天蚕就出来了，你没有见过，半张蚕能养一屋子，到时候还得搭架子，蚕见不得一点脏东西。哑巴，你爱干净，蚕更爱干净，好生伺候着这小东西。"

哑巴想，我哪里还知道什么叫干净啊，我这日子叫爱干净吗？

夜暗下来了，把两个孩子打发睡下，哑巴开始洗刷自己。木盆里的水汽冒上来，哑巴脱干净了坐进去，坐进木盆里的哑巴像个仙女。标标致致的哑巴弓身往自己的身上撩水，蜡烛的光晕在哑巴身体上放出柔辉。哑巴透过窗玻璃看屋外的星星，风踩着星星的肩膀吹下来，天空中白色的月亮照射在玻璃上，和蜡烛融在一起，哑巴就想起了童年的歌谣：

> 天上落雨又打雷，
> 一日望郎多少回，
> 山山岭岭望成路，
> 路边石头望成灰。

蜡烛的灯捻噼啪爆响，哑巴洗净穿好衣服，找出来一把剪刀剪掉了蜡烛捻上的岔头，灯捻不响了。摇曳的灯光黄黄的铺满了屋子，出去倒木盆里的脏水，看到户外夜色深浓，月亮像一弯眉毛挂在中天上，半明半暗的光影加上阒寂的氛围，让哑巴有点黯然伤心，潜沉于被时间流走的世界里，哑巴就打了个哆嗦，觉得腊宏是死了，又觉得腊宏还活着，惊惊地四下里看了一遍，她的思维在清明和混沌中半醒半梦着。走回来脱了衣裳，重新看自己的皮肤，发现乌青的黑淡了，有的地方白起来，在灯光下还泛着亮，就觉得过去的日子是真的过去了。哑巴心头亮了一下，有一种新鲜的震惊，像一枚石头蛋子落入了一潭久洏的水池子，泛了一点水纹儿，水纹儿不大，却也总算击破了一点平静。

现在的季节是秋天，刚入秋，到了晚上有点凉，白天还是闷热的。摸索着从窗台上找到一块手掌大的镜子来，举起来看，看不清楚，镜子上全部是灰。下地找了块湿布子抹了两下，越发看不清楚了。一着急就用自己的衣裳抹，抹到举起来看能看到眉眼了，走过去举到灯影下仰了看。慢慢地举了镜子往上提，看到了自己的脸，好久了不知道自己长了个啥样，好久了自己长了个啥样并不重要，重要的是挨了上顿打，想着下顿打，眼睛盯着个地方就不敢到处看，哪还敢看镜子呀。

突然听得对面的甲寨上有人筛了铜锣喊山，边敲边喊："呜叱叱叱——呜叱叱叱——"

山脊上的人家因为山中有兽，秋天的时候要下山来糟蹋粮食兼或糟蹋牲畜，古时传下来一个喊山。喊山，一来吓唬山中野兽，二来给静夜里游门的人壮胆气。当然了，现在的山上兽已经很少了，他们喊山是在吓唬獾，防备獾趁了夜色的掩护偷吃玉茭。

哑巴听着就也想喊了。拿了一双筷子敲着锅沿儿，迎着对面的锣声敲，像唱戏的依着架子敲鼓板，有板有眼的，却敲得心情慢慢就真的骚动起来了，有些不大过瘾。起身穿好衣服，觉得自己真该狂喊了，冲着那重重叠叠的大山喊！找了半天找不到能敲响的家什，找出一个新洋瓷脸盆。这个脸盆是从四川挑过来的，一直不舍得用。脸盆的底儿上画着红鲤鱼嬉水，两条鱼在脸盆底儿上快活地等待着水。哑巴就给它们倒进了水，灯晕下水里的红鲤鱼扭着腰身开始晃，哑巴弯下腰伸进去手搅哇搅，搅够了掬起一捧来抹了一把脸，把水泼到了门外。哑巴找来一根棍，想了想觉得棍敲出来的声音闷，提了火台边上的铁疙瘩火柱出了门。

山间的小路上走着想喊山的哑巴，滚在路面上的石头蛋子偶尔磕她的脚一下；偶尔，会有一个地老鼠从草丛中穿过去；偶尔，恓惶中的疲惫与挣扎，让哑巴想惬意一下，哑巴仰着脸笑了。天上的星星眨巴了一下眼睛，天上的一钩弯月穿过了一片云彩，天上的风落下来撩了她的头发一下，这么着哑巴就站在了山圪梁上了。对面的铜锣还在敲，哑巴举起了脸盆，举起了火柱，张开了嘴，她敲响了，当！

新脸盆儿上的瓷裂了，哑巴的嘴张着却没有喊出来，当！裂了的碎瓷被火柱敲得溅起来，溅到了哑巴的脸上，哑巴嘴里发出了一个字"啊！"接着是一连串的"当当当——""啊啊啊——"从山圪梁上送出去。哑巴在喊叫中竭力记忆着她的失语，没有一个人清楚她的伤感是抵达心脏的。她的喊叫撕裂了浓黑的夜空，月亮失措地走着、颠着，跌落到云团里，她的喊叫爬上太行大峡谷的山梁使山上的植被毛骨悚然起来。直到脸盆被敲出了一个洞，敲出洞的脸盆喑哑下来，一切才喑哑下来。

哑巴往回走，一段一段地走，回到屋子里把门关上，哑巴才安静了下来，哑巴知道了什么叫轻松，轻松是幸福，幸福来自内心的快乐的芽头儿正顶着哑巴的心尖尖。

韩冲赶了驴帮哑巴收秋地里的粮食。驴脊上搭了麻绳和布袋，韩冲穿了一件红色秋衣牵了驴往岸山坪的后山走。这一块地是韩冲不种了送给腊宏的，地在庄后的孔雀尾上，腊宏在地里种了谷。齐腰深的黄绿中韩冲一纵一隐地挥舞着镰刀，远远看去风骚得很。看韩冲的人也没有别的人，一个是哑巴，一个是对面甲寨上的琴花。琴花自打那天听了哑巴说话，琴花回来几天都没有张嘴。琴花想，哑巴到底是不是哑巴，不是哑巴她为啥不说话？琴花和发兴说。

发兴说："你不说没有人说你是哑巴，哑巴要是会说话，她就不叫哑巴了，人最怕说自己的短处，有短处由着人喊，要么她就是个傻子，要么就像我一样由了人睡我自己的老婆，我还不敢吭个声。"

琴花从床上坐起来一下搂了发兴的被子，琴花说："说得好听，谁睡我啦？我还不是为了这个家，你少啥啦？倒有你张嘴的份儿了！你下，你下！"琴花的小短腿小胖脚三脚两脚就把发兴蹬下了床。发兴光着身子坐在地上说："我在这家里连个带软刺儿的话都不敢说，旁人还知道我是你琴花的汉子，你倒不知道心疼，我多会儿管你啦？啥时候不是你说啥就是啥，我就是放个屁，屁股儿都只敢裂开个小缝，眼睛看着还怕吓了你，你要是心里还认我是你男人你就拽我起来，现在没有别人，就咱俩，我给你胳膊你拽我？"

琴花伸出脚踢了发兴的胳膊一下，发兴赶紧站了起来往床上爬，琴花反倒赌气搂了被子下了床到地上的沙发上睡去。琴花憋屈得慌就想见韩冲，想和韩冲说哑巴的事情。

琴花有琴花的性格，不记仇。琴花找韩冲说话，一来是想告诉他哑巴会说话，她装着不说话，说不定心里怄着事情呢，要韩冲防着点；二来是秋蚕下来了，该领的都领了，怎么就不见你给我订的那半张？站在崖头上看韩冲粉房一趟，哑巴家一趟，就是不见韩冲下山。现在好不容易看到韩冲牵了驴往后山走了，就盯了看他，看他走进了谷地，想他一时半会儿也割不完，进了院子里挎了个篮子，从甲寨上绕着山脊往对面的凤凰尾上走。

韩冲割了五个谷捆子了，坐下来点了支烟看着五个谷捆子抽了一口。韩冲看谷捆子的时候眼睛里其实根本就看不见谷捆子，看见的是腊宏。腊宏手里的斧子，黄寡样、哑巴、大和他们的小儿子。这些很明确的影像转化成了一沓两沓子钱。韩冲想不清楚自己该到哪里去借？村干部王胖孩说："收了秋，铁板上钉钉。"韩冲盘算着爹的送老衣和棺材也搭里了。给不了人家两万，还不给一万？哑巴夜里的喊山和狼一样，一声声叫在韩冲心间，韩冲心里就想着两个字"亏欠"。哑巴不哭还笑，她不是不想哭，是憋得没有缝，昨天夜里她就喊了，就哭了。她真是不会说话，要是会，她就不喊"啊啊啊"，喊啥？喊琴花那句话："炸獾咋不炸了你韩冲！"咱欠人家的，这个"欠"字不是简单的一个欠，是一条命，一辈子还不清，还一辈子也造不出一个腊宏来。韩冲狠狠掐灭烟头站起来开始准备割谷子。站起来的韩冲听到身后有沙沙声穿过来，这山上的动物都绝种了，还有人会来给我韩冲帮忙？韩冲挽了挽袖管，不管那些个，往手心里吐了一口唾沫弯下腰开始割谷子。

韩冲割得正欢，琴花坐下来看，风送过来韩冲身上的汗臭味儿。琴花说："韩冲，真是个好劳力呀。"韩冲吓了一跳抬起身看地垄上坐着的琴花。琴花说："隔了天就认不得我啦？"韩冲弯下腰继续割谷子，倒伏在两边的谷子上有蚂蚱蹿起蹿落。琴花揪了几把身边长着的猪草不看韩冲，看着身边五个谷捆子说："哑巴她不是哑巴，会说话。"韩冲又吓了一跳，一镰没有割透，用了劲拽，拽得猛了一屁股闪在了地上。韩冲问："谁说的？"琴花说："我说的。"韩冲抬起屁股来不割谷子了，开始往驴脊上放谷捆。韩冲说："你怎么知道的？"琴花说："你给我订的半张蚕种呢？你给了我，我就告诉你。"韩冲说："胡！日鬼我，你不要再扯淡！咱俩现在是两不欠了。"

韩冲捆好谷子，牵了驴往岸山坪走。琴花坐下来等韩冲，五个谷捆子在驴脊上耸得和小山一样，琴花看不见韩冲，看见的是谷捆子和驴屁股。看到地里掉下的谷穗子，捡起来丢进了篮子里。想了什么站起来走到韩冲割下的谷穗前用手折下一些谷穗来放进篮子里，篮子满了，看上去不好看，四下里拔了些猪草盖上。琴花想谷穗够自己的六只母鸡吃几天，现在的土鸡蛋比洋鸡蛋值钱，自己两个儿，比不得一儿一女的，两个儿子说一说媳妇，不是给小数目，得一分一厘省。

韩冲牵了驴牵到哑巴的院子里，哑巴看着韩冲进来了，赶快从屋子里端出了一碗水，递上来一块湿手巾。韩冲抹了一把脸接过来碗放到窗台上，往下卸驴脊上的谷捆。这么着韩冲就想起了琴花说的话：哑巴会说话。韩冲想试一试哑巴到底会不会说话。韩冲说："我还得去割谷子，你到院子里用剪刀把谷穗剪下来，你会不会剪？"半天身后没有动静。韩冲扭回头看，看哑巴拿着剪刀比画着要韩冲看是不是这样剪。韩冲说："你穿的这件鱼白方格秋衣真好看，是从哪里买来的？"哑巴不好意思地低下头，抬起来时看到韩冲还看着她，脸蛋上就挂上了红晕，低着头进了屋子里半天不见出来。韩冲喝了窗台上的水，牵了驴往凤凰尾上走。韩冲胡乱想着，满脑子就想着一个人，嘴里小声叫着："哑巴——红霞。"就听得对面有人问："看上哑巴啦？"

一下子坏了韩冲的心情。韩冲说："你咋没走？"琴花说："等你给我蚕种。"韩冲说："你要不怕丢人败兴，我在这凤凰尾上压你一回，对着驴压你。你敢让我压你，我就敢把猪都给你琴花赶到甲寨上去，管她哑巴不哑巴，半张蚕种又算个啥！"

琴花一下子脸就红了，弯腰提起放猪草的篮子狠狠看了韩冲一眼扭身走了。

韩冲一走，哑巴盘腿裸脚坐在地上剪谷穗，谷穗一嘟噜一嘟噜脱落在她的腿上，脚上，哑巴笑着，孩子坐在谷穗上也笑着。哑巴不时用手刮孩子的鼻子一下，哑巴想让孩子叫她妈，首先哑巴得喊"妈"，哑巴张了嘴喊时，怎么也喊不出来这个"妈"。

哑巴小的时候，因为家里孩子多，上到五年级，她就辍学了。她记得故乡是在山腰上，村头上有家糕团店，她背着弟弟常常到糕团店的门口看。糕团子刚出蒸笼时的热气罩着掀笼盖的女人，蒸笼里的糕团子因刚出笼，正冒着泡泡，小小的，圆圆的，尖尖的，泡泡从糕团子中间噗地放出来，慢吞吞地鼓圆，正欲朝上满溢时，掀笼盖的女人用竹铲子拍了两下，糕团子一个一个就收紧了，等了人来买。弟弟伸出小手说要吃，她往下咽了一口唾沫，店铺里的女人就用竹铲子铲过一块来给她，糕团子放在她的手掌心，金黄色透亮的糕团子被弟弟一把抓进了嘴里烫得哇哇喊叫，她舔着手掌心甜甜的香味儿看着卖糕团子的女人笑。女人说："想不想吃糕团子？"她点了一下头。女人说："想吃糕团子，就送回弟弟去，自己过来，我管保你吃个够。"她真的就送回了弟弟，背着娘跑到了桥头上。

桥头上停着一辆红色的小面包车，女人笑着说："想不想上去看一看？"她点了一下头。女人拿了糕团子递给她，领她上了面包车。面包车上已经坐了三个男人。女人说："想不想让车开起来，你坐坐？"她点了一下头。车开起来了，疯一样开，她高兴得笑了。当发现车开下山，开出沟，还继续往前开时，她脸上的笑凝住了，害怕了，她哭，她喊叫。

她被卖到了一个她到现在也不清楚的大山里。月亮升起来时一个男人领着她走进了一座房子里，门上挂着布门帘，门槛很高，一只脚迈进去就像陷进了坑里。一进门，眼前黑乎乎的，拉亮了灯，红霞望着电灯泡，想尽快叫那少有的光线将她带进透亮和舒畅之中，但是，不能。她看到幽暗的墙壁上有她和那个男人拉长又折断的影子。她寻找窗户，她想逃跑，她被那个男人推着倒退，退到一个低洼处，才看到了几件家具从幽暗处凸显出来，这时，火炉上的水壶响了，她吓了一跳，同时看到了那个男人把幽暗都推到两边去的微笑，那个男人的眼睛抽在一起看着她笑。她哆嗦地抱着双肘缩在墙角上，那个男人拽过了她，她不从，那个男人就开始动手打她——红霞后来才知道腊宏的老婆死了，留下来一个女孩——大。大生下来半年了，小脑袋不及男人的拳头大，红霞看着大想起了自己的弟弟。在这个被禁锢了的屋子里她百般呵护着大，大是她最温暖的落脚地，大唤醒了她的母性。红霞知道了人是不能按自己的想象来活的，命运把你拽成个啥就只能是个啥。她一脚踏进去这座老房子，就出不来了，成了比自己大二十岁的腊宏的老婆。

一个秋天的晚上，她晃悠悠地出来上厕所，看到北屋的窗户亮着，北屋里住着腊宏妈和他的两个弟弟。北屋里传出来哭声，是腊宏妈的哭声，她看不见里面，听得有说话声音传出来。

腊宏妈说："你不要打她了，一个媳妇已经被你打死了，也就是咱这地方女娃儿不值钱，她给咱看着大，再养下来一个儿子，日子不能说坏了，下边还有两个弟弟，你要还打她，就把她让给你大弟弟算了，娘求你，娘跪下来磕头求你。"果真就听见跪下来的声音。

红霞害怕了，哆嗦着往屋子里返，慌乱中碰翻了什么，北屋的房门就开了，腊宏走出来一下揪住了她的头发拖进了屋子里。

腊宏说："龟儿子，你听见什么啦？"

红霞说："听见你娘说你打死人了，打死了大的娘。"

腊宏说："你再说一遍！"

红霞说："你打死人了，你打死人了！"

腊宏翻转身想找一件手里要拿的家伙，却什么也没有找到，看到柜子上放着一把老虎钳，顺手够了过来扳倒红霞，用手捏开她的嘴揪下了两颗牙。红霞杀猪似的叫着，腊宏说："你还敢叫？我问你听见什么啦？"红霞满嘴里吐着血沫子说不出话来。

还没有等牙床的肿消下去，腊宏又犯事了。日子穷，他合伙和人用洛阳铲盗墓，因为抢一件瓷瓶子，他用洛阳铲铲了人家。怕人逮他，他连夜收拾家当带着红霞跑了。卖了瓷瓶子得了钱，他开始领着她们打一枪换一个地方。腊宏说："你要敢说一个字，我要你满口不见白牙。"

从此，她就寡言少语，日子一长，索性便再也不说话了。

哑巴听到院子外面有驴鼻子的响声，知道是韩冲割谷穗回来了。站起身抱着睡熟了的孩子放回炕上，返出来帮韩冲往下卸谷捆。韩冲说："我裤口袋里有一把桑树叶子，你掏出来剪细了喂蚕。"哑巴才想起那半张蚕种怕孩子乱动放进了筛子里没顾上看。掏出叶子返进屋子里端了筛子出来，把剪碎的桑叶撒到上面，看到密密的蚕蛹心里就又产生了一种难以割舍的心痒。游走在外，什么时候哑巴才觉得自己是活在地上的一个人呢？现在才觉得自己是活在地上的一个人！心里深处汩汩奔着一股热流，与天地相倾、相诉、相容，她想起小时候娘说过的话：天不知道哪块云彩下雨，人不知道走到哪里才能落脚，地不知道哪一季会甜活人哪，人不知道遇了什么事情才能懂得热爱。

　　哑巴看着韩冲心里有了热爱他的感觉。

　　蚕脱了黑，变成棕黄，变成青白，蚕吃桑叶的声音——沙沙，沙沙，像下雨一样，席子上是一层排泄物，像是黑的雪。

　　日子因蚕的变化而变化。眼看着一个个肉乎乎蠕动的蚕真的发展起来，就不是筛子能放得下了。韩冲拿来了苇席，搭了架子，韩冲有时候会拿起一只身子翻转过来的蚕吓唬哑巴，哑巴看着无数条乱动的腿，心里就麻爪而慌乱，绕着苇席轻巧快乐地跑，笑出来的那个豁着牙的咯咯声一点都不像一个哑巴。韩冲就想琴花说过的话："哑巴她不是哑巴。"哑巴要真不是哑巴多好，可是她现在却不会说话，不是哑巴她是啥！

　　韩冲端了一锅粉浆给哑巴送。送到哑巴屋子里，哑巴正好露了个奶要孩子吃。孩子吃着一个，用手搋着一个，看到韩冲进来了，斜着眼睛看，不肯丢掉奶头，那奶头就搋了多长。哑巴看着韩冲看自己的奶头不好意思地背了一下身子。韩冲想：我小时候吃奶也是这个样子。韩冲告诉哑巴："大不能叫大，一个女娃家要有个好听的名字，不能像我们这一代的名字一样土气，我琢磨着要起个好听的名字，就和庄上的小学老师商量一下，想了个名字叫'小书'，你看这个名字咋样？那天我也和大说了，要她到小学来念书，小孩子家不能不念书。我爹也说了，饿了能当讨吃的，没文化了，算是你哭爹叫娘讨不来知识。呵呵，我就是小时候不想念书，看见字稠的书就想起了夏天一团一蛋的蚊子。"

韩冲说："给你的钱，我尽快给你凑够，凑不够也给你凑个半数。不要怕，我说话算数。你以后也要出去和人说说话，哦，我忘了你是不会说话的。琴花说你会说话，其实你是不会说话。"

哑巴就想告诉韩冲她会说话，她不要赔偿，她就想保存着那个条子，就想要你韩冲。韩冲已经走出了门，看到凌乱的谷草堆了满院，找了一把锄来回搂了几下说："谷草要收拾好了，等几天蚕上架织茧时还要用。"

说完出了大门，韩冲看到大趴在村中央的碾盘上和一个叫涛的孩子下"鸡毛算批"。这种游戏是在石头上画一个十字，像红十字协会的会标，一个人四个子儿，各摆在自己的长方形横竖线交叉点上。先走的人拿起子儿，嘴里叫着"鸡毛算批"，那个"批"字正好压在对方的子上，对方的子就批掉了。鸡毛算批完一局，大说："给？"涛说："再来，不来不给。"大说："给？"涛说："没有，你不下了，不下了就不给。"大说："给？"涛学着大把眼睛珠子抽在一起说："给？"说完一溜烟跑了。韩冲走过去问大："他欠你什么啦？我去给你要。"大翻了一眼韩冲说："野毛桃。"韩冲说："不要了，想要我去给你摘。"大一下哭了起来说："你去摘！"韩冲想，我管着你母子仨的吃喝拉撒，你没有爹了我就是你的临时爹，难道我不应该去摘？韩冲返回粉房揪了个提兜溜达着走进了庄后的一片野桃树林。野桃树上啥也没有，树枝被害得躺了满地。韩冲往回走的路上，脑里突然就有一棵野毛桃树闪了一下，韩冲不走了侧了身往后山走。拽了荆条溜下去，溜到下套子的地方，用脚来回量了一下发现正前方正好是那棵野毛桃树。韩冲坐下来抽了一支烟，明白了腊宏来这深沟里干啥来了。

来给他闺女摘野毛桃来了。韩冲想：是咱把人家对闺女的疼断送了，咱还想着要山下的人上来收拾走他们母子仨。韩冲照脸给了自己一巴掌，两万块钱赔得起吗？搭上自己一生都不多！韩冲抽了有半包烟，最后想出了一个结果：拼我一生的努力来养你母子仨！就有些兴奋，就想现在就见到哑巴和她说，他不仅要赔偿她两万，甚至十万，二十万，他要她活得比任何女人都快活。

天快黑的时候，从山下上来了几个警察，他们直奔韩冲的粉房。韩冲正忙着，抬头看了一眼，从对方眼睛里觉出不对。韩冲下意识地就抬起了腿，两个警察像鹰一样地扑过来掀倒了他，他听到自己的胳膊的关节咔叭叭响，然后就倒栽葱一样被提了起来。一个警察很利索地抽了他的裤带，韩冲一只手抓了要掉的裤子，一只手就已经戴上了手铐。完了完了，一切都他妈的完蛋了。

审问在韩冲的院子里，韩冲的两只手铐在苹果树上，裤子一下子就要掉下来，警察提起来要他肚皮和树挨紧了。韩冲就挨紧了，不挨紧也不行，裤子要往下掉。一个男人要是掉了裤子，这一辈子很可能和媳妇无缘了。苹果树旁还拴了磨粉的驴，驴扭头看着韩冲，驴想不知道因为什么主人会和自己拴在一起。驴嘴里嚼着地上的草，嘴片儿不时还打着很有些意味的响声。

警察问了："你叫腊宏？"

韩冲说："我叫韩冲，不叫腊宏。我炸獾炸死了腊宏。"

警察说："这么说真有个叫腊宏的？他是从四川过来的？"

韩冲说："是四川过来的。"

警察说："你只要说是，或者不是。你炸獾炸死了人？"

韩冲说："是。"

警察说："为什么不报案？"

韩冲看着警察说："是或者不是，我该怎么说？"

警察说："如实说。"

韩冲说："獾害粮食，我才下套子炸獾。炸獾和网兔不一样，獾有些分量不下炸药不行，我下了深沟里。那天我听到沟里有响声泛上来，以为炸了獾，下去才知道炸了人。把他背上来就死了。人死了就想着埋，埋了人就想着活人，没想那么多。况且说了，山里的事情大事小事没有一件见官的，都是私了。"

警察说："这是刑事案件，懂不懂？要是当初报了案，现在也许已经结了案，就因为你没有报案，我们得把你带走。你这愚蠢的家伙！"

韩冲傻瞪了眼睛看，看到岸山坪的几位长辈和警察在理论。

韩冲斜眼看到岸山坪的人围了一圈，看到他爹拄了拐棍走过来，韩冲爹看到韩冲，脸上霎时就挂下了泪水，韩冲一看到他爹哭，他也哭了，泪水掉在溅满粉浆的衣裳上。韩冲说："爹，我对不住你，用你的棺材埋了人，用你的送老衣送了葬，临了，还要让老公家带走，我对你尽不了孝了。爹呀，你就当没有我这个儿子算了。"

韩冲爹用拐杖敲着地说："我养了你三十年，看着你长了三十年，你娘死了十年，我眼看着养着个儿，说没有养就没有养，说没有长就没有长啦？你个畜生东西！"

韩冲看到王胖孩大步走小步跑地迎过来，边走边大声问："哪个是刑警队长同志，哪个是？"

看到韩冲旁边站着的警察赶快走过来一人递了一支烟，哈了哈腰说："屋里说，屋里说。"一干人就进了韩冲的粉房。

韩冲搂着苹果树，看身边的驴，耳朵却听着屋子里。屋门口围了好多大人小孩，屋外的警察走过来把他们驱散开，韩冲不敢扭头看，怕一下子扭不对了裤子会掉下来。就听得屋子里的人说："我们是来抓腊宏的，你把腊宏的具体情况说一下。"村干部说："这个腊宏我不大清楚，毕竟他不是我的村民，我给你们找一个人进来说。"村干部王胖孩走出来，踮着脚瞅了一圈岸山坪的人，指着韩冲爹很是神秘地说："你，过来。"韩冲爹就走了过来。王胖孩小声说："不是抓韩冲，误会了，是抓腊宏。逃亡在外的大杀人犯，炸死了，韩冲说不定还要立功。你进去反映一下腊宏的情况，如实的基础上不妨带点色。"重重拍了拍韩冲爹的脊背。

两人走了进去，接下来的话就有些听不大清楚。隔了一会儿又听得有话传出来："真要是说上边查下来，你这个代表一级政府的村干部也得玩完。""是是是！"外面的人吵得乱哄哄的，有说腊宏是在逃犯，有说韩冲炸他炸对了，就把屋里的说话压了下去。听不见说话声，韩冲就看驴，驴也看他，互看两不厌。

韩冲想：驴就是安分，人就不如驴安分，驴每天就想着转磨道，太阳落了太阳升，太阳拖着时间从窗户上扔进来，驴傻傻地转着磨道想太阳闪过磨眼了，落下磨盘了，驴蹄踩着太阳了，摘了捂眼就能到苹果树下吃料了，青草儿青，青草儿嫩哪。驴也想韩冲，别看他平日里嘘呼我，现在和我一样儿拴在树上了，我的四只蹄子还可以动一动，他连动都不敢动，他一动旁边的那个人就用他的裤带抽他。哈哈，人和驴就是不一样，驴不整治驴，人却整治人，以前你韩冲嘘呼我，可算是有人要嘘呼你了，替我出了恶气。驴这么着想着就想叫，就想喊了。

"哦啊，哦啊，哦啊——"

驴不管不顾不看眼色的喊叫，带动着万山回应，此起彼伏，把人的说话声压了下去，良久方歇。

不大一会儿，粉房里的人都出来了。警察递给村干部韩冲的裤带，村干部王胖孩走过去给韩冲塞到裤襻里，紧了裤，韩冲才离开了紧靠着的苹果树。一个警察过来打开了韩冲的手铐，并没有放韩冲，而是让他从树上脱下手来，又铐上了，要韩冲走。韩冲知道自己是非走不行了。走到爹面前停下来，腿不由自主地跪了下来，安顿了几句粉房的事情，最后说："哑巴的蚕眼看要上架了，上不去的要人帮助往上捡，她一个妇女家，平常清理蚕屎都害怕，爹，就代替我帮她一把，咱不管他腊宏是个啥东西，咱炸了人家了，咱就有过。"

韩冲爹说："和爹一样，嘴硬骨头软，一辈子脖子根上就缺个东西，啥东西？软硬骨头。"

韩冲抬了脚要下岸山坪的第一个石板圪台的时候，身后传来一声喊："不要！"

206

岸山坪的人齐刷刷把小脑袋瓜扭了过来，看到了哑巴抱着孩子，牵着小书往人跟前跑。

警察不管那个女人是谁，只管带了人走。韩冲任由推着，脑海里就想着一句琴花的话：哑巴她会说话！哑巴她真会说话！

哑巴手里拿着那张条子，走过去拽住村干部王胖孩。

哑巴比画着的意思是：你打了条子的，怎么说把人带走就带走了，要你这村干部做啥？

王胖孩说："说，说！你明明会说话，要我拐着弯子办事，你要是早说话，咱还用打条子？"

哑巴半天憋得脸通红了才憋出一个字："不。"

王胖孩说："那你现在是哪里在发声儿？"

哑巴哭了，低着头看着自己的脚尖尖，十年了，失语十年了，很难面对一张嘴巴迎出一句话来，她的话被切断了，十年来过的日子可以用两个词来概括：疼痛和绝望。韩冲爹走过去拉了小书的手和王胖孩说："要她跟着个杀人犯逃命，还要说话，绝了话好！"

外面传得哑巴会说话，但哑巴还是不说话。

韩冲爹找来村上的一个人要他来看一天粉房，他想进城里去看看韩冲。

韩冲爹说："你只用把火看好，不要让火灭了，火好粉才好干透，下来的粉面才不怕老浆臭，老浆臭的粉面不出货，还不够筋道，谁也不想要。午后喂一次猪，七八头猪要吃三桶粉渣，你做好这两项就好了，我擦黑就会回来。"

韩冲爹第二天就进了城里。在看守所里见到了韩冲，知道还在调查中。韩冲的雷管从哪里来的？琴花给的。琴花的雷管从哪里来的，发兴从矿上取回来的。发兴从矿上哪里拿的，从他的保管儿子的仓库里找的。这样下来一件事情就拉长了战线。现如今才调查到了矿上，发兴的儿也被看守起来了。

韩冲问他爹粉房的事情，他爹说："好好，都好。那哑巴是真会说话。"

韩冲说："会说话就好。"

韩冲爹瞅了韩冲一眼没吭声。

韩冲觉得有一句话憋在嘴里想说，却又不知道该怎么说，就说了："回去安顿哑巴，就说我要她说话！"

韩冲爹啥话也没有说，点了一下头扭身走了。

回到岸山坪，看到家户都黑了灯了，唯有粉房亮着灯，村人正把火上烤的粉往下卸，一块一块地打碎。村人的身影映在墙上像个小山包。一伸一缩的，在黑黝黝的山梁上看着这么点光亮，这么点晃动的影子，心里酸酸的，那个人就是我呀，我在替我儿子还债呢。

韩冲爹掏出两盒烟走进门放到磨顶上，说："小老弟，舀一锅浆拿两包烟，我擦黑了，你也辛苦了。"村人说："谁家里不遇个难事，说啥客气话嘛。"

韩冲爹觉得门外有个东西晃，反身走出去，看到是哑巴。韩冲爹看着哑巴半天说了一句："韩冲要你说话。"

月光下，哑巴的嘴唇嚅动着，她感到了一种前所未有的东西撞击着她的喉管，她做了一个噩梦，突然被一个人叫醒了，那种生死两茫茫的无情的隔离随即就相通了。

秋天的尾声是悄无声息的。蚕全部上了架，蚕在谷草上织茧，哑巴看蚕吐丝看累了想到外面走走。因为长年闭门在家，很少到山间野地晃荡，深秋是个什么样子她还真是不怎么知道。山头上的阳光由赤红褪成了淡黄，抱了孩子站在崖头上望，看到所有在地里劳作的农民脸上挂了喜悦色彩。哑巴想，在地里劳动真好哇。四处看去，但见天穹明净高远，少许白云似有若无，望过去显得开阔而清爽。之后山风涌动凉意渐生。她在粉房里看着驴磨着泡软的玉茭从磨眼里碎成浆磨下来，就是看不到韩冲。看到岸山坪的人们一挑一挑地往家挑粮食，就是没有韩冲。哑巴的心里颤颤地有说不出来的东西梗在喉头。哑巴回头教孩子说话。

哑巴说："爷爷。"

孩子说："爷爷。"

秋雨开始下了，绵绵密密地下个不停，泥脚、墙根、屋子里淤满霉味和潮气。天晴的时候，屋外有阳光照进来，哑巴不叫哑巴了叫红霞，红霞看到屋子外的阳光是金色的。

《人民文学》2004年第11期